Frau Falchion

Band 1

Gilbert Parker

Writat

Diese Ausgabe erschien im Jahr 2024

ISBN: 9789359943664

Herausgegeben von
Writat
E-Mail: info@writat.com

Inhalt

EINFÜHRUNG

Dieser Roman wurde in der Zeit des Dreideckers geschrieben und fuhr als solcher auf See. Jeder meiner bis 1893 geschriebenen Romane wurde in zwei oder drei Bänden veröffentlicht, und der Verkauf an die Bibliotheken war größer als der Verkauf an die breite Öffentlichkeit. Mit diesem Buch wurde 1892 begonnen, als die Pierre-Geschichten geschrieben wurden, und im Sommer 1893 fertiggestellt. Es erschien nicht in Serie; tatsächlich habe ich keinen Versuch einer Serienveröffentlichung unternommen. Da es mein erster Roman sein sollte, hatte ich das Gefühl, dass man ihn als Ganzes beurteilen und sozusagen mit einem Blick betrachten sollte. Ich glaube, dass der Leser von Messrs. Methuen & Company nicht bereit war, das Buch zu veröffentlichen, aber Mr. Methuen selbst (oder Mr. Stedman, wie er damals genannt wurde) war davon beeindruckt und schenkte ihm sein freundliches Vertrauen. Er war sich sicher, dass es die Aufmerksamkeit der Kritiker und der Öffentlichkeit auf sich ziehen würde, egal ob es populär wurde oder nicht. Ich habe keinen Satz dieser ursprünglichen drei Bände. Ich wünschte, ich hätte es getan, denn sie bescherten mir ein fast unerwartetes Vergnügen. Der „Daily Chronicle" gab den Bänden eine Rezensionsspalte und überschrieb die Bekanntmachung mit „Ein kommender Romanautor". Im „Athenaeum" hieß es: „Mrs. „Falchion" war eine großartige Charakterstudie; In der „Pall Mall Gazette" hieß es, dass das Schreiben so gut sei wie alles, was in unserer Zeit geschrieben worden sei, während es gleichzeitig eine eher düstere Sicht auf meine Zukunft als Romanautorin bot, weil es hieß, ich hätte nicht tief genug nachgeforscht in die Wunden des Charakters, die ich zugefügt hatte. Der Artikel wurde von Herrn George W. Stevens geschrieben, und er hatte Recht, als er sagte, dass ich nicht tief genug nachgeforscht habe. Nur wenige sehr junge Männer – und ich war damals noch sehr jung – gehen wirklich tief in die Materie ein. Beim Erscheinen von „When Valmond Came to Pontiac" kam Herr Stevens jedoch zu dem Schluss, dass meine Zukunft gesichert sei.

Ich erwähne diese Dinge, weil sie sich damals in mein Gedächtnis eingebrannt haben. 'Frau. „Falchion" war, wie gesagt, mein erster richtiger Roman, obwohl ihm ein kurzer Roman mit dem Titel „The Chief Factor" vorausgegangen war, der seitdem vor der Veröffentlichung gerettet und in England nie in Buchform veröffentlicht wurde. Als ich „Mrs. Falchion', dass ich mein Metier nicht gefunden hatte und Angst vor einem völligen Scheitern hatte. Ich war erst vor ein paar Jahren aus der Südsee gekommen; Ich war erfüllt von dem, was ich gesehen und gefühlt hatte; Ich wollte unbedingt darüber schreiben, und das habe ich auch getan; Aber was noch tiefer in mir steckte, war das Leben, das „Pierre und sein Volk", „Die Sitze der

Mächtigen", „Die Spur des Schwertes", „Die Gasse, die kein Abbiegen hatte" und „Das Recht von …" beinhaltete Weg' dargestellt. Dieses Leben sollte mir einen sicheren Platz und öffentliche Sicherheit verschaffen, während „Mrs. „Falchion" und die Südseegeschichten, die vor seiner Veröffentlichung in verschiedenen Zeitschriften veröffentlicht wurden, und zwar vor dem Schreiben der Pierre-Reihe, sicherten mir lediglich Aufmerksamkeit.

Glücklicherweise handelte es sich bei dem Buch, das Konstruktionsfehler, oberflächliche Ereignisse und eine gewisse Grobheit der Handlung aufweist, im Wesentlichen um eine Charakterstudie. Es gab einen Fokus, es gab eine Erleuchtung in dem Buch, in welchem Ausmaß möchte ich nicht sagen; und der Versuch, den Geist des Lesers auf die zentrale Figur zu fokussieren und diese zentrale Figur in vielen Aspekten darzustellen, schützte die Erzählung vor dem Vorwurf, ein bloßer Abenteuerroman oder, wie ein Autor es nannte, „ein Unverschämter" zu sein Melodram, das seine ganz eigene Faszination hat."

Wenn ich Mrs. Falchion nach all den Jahren noch einmal lese, scheine ich darin einen Versuch zu erkennen, die objektiven und subjektiven Behandlungsmethoden zu kombinieren – die Charakter- und Motivanalyse mit einer fesselnden Episode zu verbinden. Wie ich festgestellt habe, ist das eine schwierige Sache. Es geschah meinerseits nicht ausschließlich mit Absicht, sondern eher aus Instinkt, und ich kann mir vorstellen, dass sich diese Tendenz durch alle meine Arbeiten zieht. Es repräsentiert die Elemente der Romantik und des Realismus in einem, und diese Art der Darstellung birgt Gefahren, ganz zu schweigen von ihren Schwierigkeiten. Manchmal entfremdet es den Leser, der instinktiv und aus Vorliebe ein Realist ist, und es beunruhigt den Leser, der nur für eine Geschichte lesen möchte, der sich darum kümmert, was eine Figur tut, und nicht darum, was eine Figur ist oder sagt, außer auf diese Weise soweit es betont, was es tut. Man muss jedoch auf seine eigene Art und Weise an seinen eigenen Eigenheiten arbeiten, und hier ist das Buch, das eine meiner eigenen Eigenheiten in ihrer primitivsten Form darstellt.

KAPITEL I

DIE TORE DES MEERES

Die Rolle, die ich in Frau Falchions Karriere gespielt habe, war nicht sehr edel, aber ich werde sie hier klar darlegen, sonst könnte ich nicht den Mut aufbringen, über ihre Fehler oder die anderer zu schreiben. Über meine eigene Geschichte muss im Vorwort wenig gesagt werden. Kurz nachdem ich mein Medizinstudium mit Auszeichnung abgeschlossen hatte, wurde mir eine Stelle an einer medizinischen Fakultät in Kanada angeboten. Ohne etwas Kapital war es schwierig, eine medizinische Praxis zu gründen, sonst wäre ich in London geblieben; und da ich sofort Geld brauchte, nahm ich das Angebot gerne an. Doch bis zum Beginn meiner Tätigkeit sollten noch sechs Monate vergehen – die Frage lautete, wie ich diese Zeit gewinnbringend ausnutzen könne. Ich sehnte mich danach zu reisen, da ich in meinem Leben kaum außerhalb Englands gewesen war. Jemand schlug die Position eines Chirurgen auf einem der großen Dampfer vor, die zwischen England und Australien verkehrten. Die Vorstellung einer langen Seereise war verlockend, denn ich hatte unter übermäßigem Lernen gelitten, obwohl die Position selbst nicht sehr vornehm war. Aber damals lag mir mehr daran, mir selbst zu gefallen, als daran, was ein frischgebackener Professor werden könnte, und ich war bereit, mit einem renommierten irischen Dekan zu sagen: „Würde und ich könnten verheiratet sein, trotz aller Verwandten, die wir haben.“

Ich habe mir die Position mit demütigender Leichtigkeit und demütigend geringer Bezahlung gesichert. Der Name des Dampfers war „Fulvia“. Es war eines der größten der Occidental Company. Es beförderte keine Auswanderer und hatte eine Passagierliste aus modischen Leuten. Auf der Reise nach Australien war das Wetter angenehm, außer im Golf von Biskaya; An Bord gab es keine Krankheit, und es gab viele Gelegenheiten für geselliges Beisammensein, die Pflege angenehmer Bekanntschaften und die Förderung des munteren Nichtstuns, das der Gesundheit zugute kommt. Das war wirklich der erste Urlaub in meinem Leben und ich habe ihn sehr genossen. Auf der Hinfahrt ereignete sich nichts Ungewöhnliches; Zum einen, weil sich unter den Passagieren keine ungewöhnlichen Menschen befanden; zum anderen, weil sich das Schiff bewundernswert verhielt. Von der Rückreise kann man das nicht sagen: Und mit ihr beginnt meine Geschichte erst richtig. Das Unglück folgte uns aus dem Hafen von Sydney. Zwischen dort und Port Phillip, Melbourne, ist eine Kurbelwelle gebrochen; In Adelaide kam es zu einem Brand im Laderaum. und in Albany begruben wir einen Passagier, der eines Tages auf der Fahrt vom King George's Sound an Schwindsucht gestorben war. Auch in Colombo hatten wir ein Unglück, aber es war von besonderer Art und drängte sich nicht sofort auf; es wurde in einer

Ergänzung zu unserer Passagierliste gefunden. Ich hatte einen Tag damit verbracht, Colombo zu erkunden – Arabi Pasha zu besuchen, Hindu-Tempel zu inspizieren, die Jongleure und Schlangenbeschwörer zu beobachten, Führern und Verkäufern von Brummagem-Schmuck auszuweichen und in den Zimtgärten zu faulenzen. Ich kehrte müde zum Schiff zurück. Nachdem ich einige offizielle Pflichten erledigt hatte, schlenderte ich zur Gangway und beobachtete, an die Schanzkleid gelehnt, müßig, wie die Passagiere vom Beiboot an Bord kamen. Zwei davon haben mich beeindruckt. Eine davon war eine hübsche und modisch gekleidete Frau, der ein Dienstmädchen oder eine Begleiterin (wie ich es mir vorstellte) folgte, die Pakete trug; der andere, ein schäbig gekleideter Mann, der als Letzter aus dem Tender kam. Die Frau ging gerade den Niedergang hinunter, als er mit einer einzelnen Tasche in der Hand an Deck trat, und ich bemerkte, dass er sie mit einem seltsamen Ausdruck in den Augen beobachtete. Er stand still, während er blickte, und blieb es auch noch einen Augenblick, nachdem sie gegangen war; dann schien er sich zu erholen und zuckte, wie ich dachte, fast schuldbewusst zusammen, als er sah, dass meine Aufmerksamkeit erregt wurde. Nervös schob er seine Tasche von einer Hand in die andere und sah sich um, als wäre er nicht sicher, wohin er gehen sollte. Ein Steward kam feierlich und auch gönnerhaft auf ihn zu, wie es die Haltung von Dienern gegenüber schäbig gekleideten Menschen ist, aber er schüttelte den Kopf, entzog dem Steward geschickt seine Tasche und ging zum hinteren Teil des Schiffes , reserviert für Fortgeschrittene. Während er ging, zögerte er, trat an die Seite des Schiffes, schaute einen Moment lang auf den Tender hinunter, richtete seinen Blick auf die Stelle, an der der Anker gelichtet wurde, und tat so, als würde er zum Tender zurückkehren, als er sah, dass der Die Leiter wurde nun hochgezogen, seufzte und ging weiter zum Niedergang der zweiten Klasse, durch den er verschwand.

Ich stand da und kommentierte müßig diesen Vorfall, der, so unbedeutend er auch war, irgendwie bedeutsam zu sein schien, als Hungerford, der fünfte Offizier, mich listig am Arm packte und sagte: „Glücklicher Kerl! Ich habe nichts zu tun, außer zuzusehen." Ich wünschte, ich hätte dich für dreißig Tage im Nordatlantik auf einem Walfänger oder im Niemandsmeer auf einem Perlenboot.

„Was würde daraus werden, Hungerford?" sagte ich.

„Ein Austausch von Materie gegen Geist, Marmion; Muskel gegen Meditation, Physik gegen Philosophie."

„Du erweist mir zu viel Ehre; im Moment habe ich weder Verstand noch Meditation noch Philosophie; ich vegetiere einfach dahin."

„Das beweist, dass Sie demoralisiert sind. Ich habe noch nie einen Chirurgen auf einem Schiff gesehen, der das nicht war. Sie begannen mit Verstand –

mehr oder weniger –, sie aßen die Früchte der Trägheit, wurden beinahe sowohl sündig als auch träge und endeten mit billiger Zynismus, mit dem alten ‚Quid refert' – dem, was Hamlet in seinem ‚Aber es ist egal' plagiiert hat."

„Ist das nicht eine ungewöhnliche Beschäftigung für dich, Hungerford – diese Swift-artige Kritik?"

„Swift-artig, nicht wahr? Sehen Sie, ich habe an vielen Ihrer Rassen geübt, Marmion, und ich habe es jetzt im Griff. Sie gehören alle zwei Klassen an – denjenigen, die in der Seele erkranken und nach einer Reise gehen, und jenen die eine weitere Reise machen und verloren sind.

„Verloren? Wie?"

Hungerford drückte seine Finger fest auf mein Brustbein, blickte mich unter seinen gut hängenden Brauen rätselhaft an und antwortete: „Gehirne, die ausgesät werden, Moral, die dahingedeihen lässt – das ist ‚verloren'."

„Was ist mit dem fünften Offizier?"

„Fünfte Offiziere arbeiten wie Marinesoldaten und haben keine Zeit für Dummheiten. Sie müssen über die Brücke gehen, die Boote üben und für das Gepäck verantwortlich sein – und hier spreche ich zu Ihnen wie ein unfehlbarer Student, während die Lascars sind in endloser Verwirrung mit einem halben Dutzend Gepäckstücken, und der Erste Offizier schäumt, weil ich nicht da bin, um sie in Ordnung zu bringen. Ich überlasse Sie Ihren Träumen.

Hungerford war jünger als ich, aber er kannte die Welt, und ich fühlte mich von diesen ungewöhnlichen Bemerkungen geschmeichelt, weil er mit niemandem sonst auf dem Schiff auf die gleiche Weise sprach. Er versuchte nie, Freunde zu finden, hatte eine tiefe Verachtung für gesellschaftliche Kleinigkeiten und zuckte mit den Schultern über die „Prahlerei" einiger anderer Offiziere. Ich glaube, er sehnte sich nach einer anderen Art von Meeresleben, so sehr war er an abenteuerliche und robuste Wege gewöhnt. Er war in den abendländischen Dienst eingetreten, weil er sich in ein hübsches Mädchen verliebt hatte und es für seine Pflicht hielt, „Stammgast" zu werden und so die Chance zu haben, sie alle drei Monate in London zu sehen. Er hatte eine Vorliebe für mich entwickelt und meinerseits erwidert; Umso mehr, weil ich wusste, dass sich hinter seinem stumpfen Äußeren ein warmes und männliches Herz verbarg. Als er mich verließ, ging ich in meine Kabine und bereitete mich auf das Abendessen vor. Dabei lachte ich über seine scharfe, kompromisslose Kritik, von der ich wusste, dass sie richtig war; Denn von allen offiziellen Stellen ist die eines Schiffsarztes am wenigsten dazu geeignet, einen Mann stolz auf sein Dasein zu machen. Im besten Fall unterstützt es die Bewegung eines Panoramas; im schlimmsten Fall schlimmer als eine Vegetation. Hungerfords Fürsorge für mich selbst war jedoch fehl am Platz, denn diese eine Reise würde meine Karriere als Schiffsarzt beenden, und außerdem war ich nicht dahinvegetiert, sondern hatte mich für alles interessiert, was geschehen war, so eintönig es auch war. Mit diesen Gedanken schaute ich aus dem Bullauge, sah die Ufer von Colombo, Galle Face und Mount Lavinia in der Ferne verschwinden und hörte sieben Glocken – die Zeit des Abendessens. Als ich an dem Tisch Platz nahm, dessen Chef ich war, reichte mir mein Steward einen Zettel, auf dem stand, dass der Chefsteward einer neuen Passagierin, einer Dame, den Platz zu meiner Rechten gegeben hatte, der frei geworden war in Colombo. Der Name auf dem Papier war „Frau Falchion". Der Sitz war noch leer und ich fragte mich, ob dies der schöne Passagier war, der mich angezogen und den mittleren Passagier interessiert hatte. Ich war egoistisch genug, es zu wünschen: und es war so.

Wir hatten die Suppe aufgegessen, bevor sie eintrat. Der Oberverwalter führte sie mit der ängstlichen Höflichkeit, die Schönheit selbst bei einer so großen Persönlichkeit hervorrufen kann, zu ihrem Platz neben mir. Ich gestehe, dass ich, obwohl ich sofort in dieses Ereignis vertieft war, auch bemerkte, dass einige der anwesenden Damen deutlich lächelten, als sie sahen, an wessen Tisch Mrs. Falchion saß, und nicht wenig ironisch den Zahlmeister ansahen, der es tat Bekanntermaßen versuchte er immer, den neuesten Neuzugang auf der Passagierliste für seinen Tisch zu bekommen – wenn es eine hübsche Frau war. Ich glaube, dass ein oder zwei unhöfliche Leute den Oberverwalter über die „Bevorzugung des Arztes" geärgert haben; aber er hatte die Angewohnheit, unangenehme Dinge auf respektvolle Weise zu sagen, und sie gingen dem Thema nicht weiter nach. Dann bedauerten sie den Zahlmeister, der ein unangenehmer kleiner Jude mit einer neidischen Einstellung war; und er verglich mich, wie mir gesagt wurde, mit Sir John Falstaff. Ich war damals empfindlich, und das ärgerte mich, vor allem, weil ich nichts damit zu tun hatte, Frau Falchion an meinen Tisch zu setzen. Wir reagieren immer am empfindlichsten, wenn es um den Geist und nicht um den Buchstaben geht.

Wer das kosmopolitische Leben Londons gelebt hat, sollte schnell Nationalitäten erkennen können, aber selbst nachdem ich sie sprechen hörte, fiel es mir schwer, das Heimatland von Frau Falchion zu erraten. Dafür gab es, wie man sieht, gute Gründe. Ihr Erscheinen im Saloon löste sofort Bewunderung und Interesse aus, was sie scheinbar nicht bemerkte. Wenn es Schauspiel war, dann war es gutes Schauspiel; Wenn es mangelndes Selbstbewusstsein war, war es bemerkenswert. Wie ich bald erfuhr, war es Letzteres, was bei einer solchen Frau die Bemerkenswürdigkeit steigerte. Ich war zunächst geneigt, die Meinung zu wagen, dass sie eine Schauspielerin sei; aber ich entdeckte, dass sie die Anziehungskraft einer Schauspielerin besaß, ohne die kalkulierte Art einer solchen; Ihr Mangel an Selbstbewusstsein war ein Beweis für diese Emanzipation.

Als sie sich setzte, begrüßte ich sie sofort mit Namen an meinem Tisch. Die einzige Überraschung, die sie zeigte, als ich ihren Namen kannte und mich vorstellte, bestand darin, dass sie leicht den Kopf hob und mich ansah, als ob sie sich fragte, ob ich wahrscheinlich ein neugieriger und lästiger Gastgeber sein würde; und auch, wie ich dachte, mich nach ihrem Maß zu messen. Es war ein kurzer Blick, und das Interesse, das sie zeigte, war passiver Art. Sie fragte mich wie einen alten Bekannten – oder einen Kellner –, ob die Suppe gut sei und wie der Fisch sei; Ich beschloss, meiner Empfehlung zu folgen und auf die Hauptgerichte zu warten. forderte ihre nächste Nachbarin auf, die Oliven weiterzugeben; begann unpersönlich über die Nachteile des Lebens auf See zu sprechen; bedauerte, dass alle Schiffsspeisen gleich schmeckten; fragte sich, ob der Koch wusste, wie man einen russischen Salat zubereitet; und fügte hinzu, dass die Speisekarte ein nationaler Kompromiss sei.

Jetzt, wo sie in meiner Nähe war, konnte ich sehen, dass ihre Schönheit echt und bemerkenswert war. Ihre Gesichtszüge waren regelmäßig, ihre Augen waren grauviolett, ihr Kinn kräftig, aber nicht zu kräftig – das Kinn einer Sängerin; ihre Hände hatten die bezaubernde, ruhige Bewegungssicherheit, die nur wenige besaßen; und ihre Farbe war von höchster Gesundheit. In dieser herrlichen Gesundheit, in ihrer großzügigen und doch vollkommenen körperlichen Beredsamkeit lag, wie mir schien, ihre Anziehungskraft hauptsächlich. Denn niemand hätte jemals gedacht, dass sie ein emotionales Temperament besitzt. Alles Äußere war faszinierend, alles Innere deutete auf Kälte hin. Die Erfahrung zeigte mir, dass alle, die sie kennenlernten, diese Einschätzung teilten, selbst damals, als jeder Mann auf dem Schiff bereit war, ihr Sklave zu sein. Sie hatte eine fesselnde Atmosphäre, eine besitzergreifende Präsenz; und doch war ihr Geist zu diesem Zeitpunkt emotionslos – wie Octavia, die Frau von Mark Antony, „an ein kaltes Gespräch". Sie hatte ein auffälliges und ungewöhnliches Aussehen und entsprach dennoch den Konventionen und der „guten Sitte". Ihre Kleidung war einfach und bescheiden getragen und hatte kleine Anmut und Geschmack, die, wie ich gehört habe, viele Damen an Bord nachzuahmen suchten, als sie sich von dem ersten Gefühl des Neids erholt hatten.

Sie war ein Beispiel für ein großartiges Leben. Es war mir ein Anliegen, sie anzuschauen, als würde man sich mit der geschmeidigen Schönheit eines Hirsches beschäftigen – so wie ich seitdem in Indien oft eine Tigerin beobachtet habe, die an ihrer Kette schlief, die Krallen versteckt, wildes Leben verborgen, aber schlummernd. Ich hätte mein Leben darauf setzen können, dass Frau Falchion weder für Liebe noch für Leidenschaft empfänglich war und im großen Schema von richtig und falsch unantastbar war; herrisch darin, Huldigung zu fordern, unfähig, sie zu erweisen. Als sie lachte, wie sie es einmal bei Tisch tat, fiel mir auf, dass ihre Zähne sehr weiß und klein und eckig waren; und wie ein Schulmädchen hatte sie die Angewohnheit, sie ganz leicht, aber nicht auffällig, zusammenzuklicken, als wollte sie ihre Qualität testen. Dies deutete jedoch auf etwas etwas Grausames hin. Ihr Appetit war sehr gut. Sie war kühl besorgt wegen der Vergnügungen; Sie fragte mich, ob ich ihr eine Liste der Passagiere besorgen könne, sagte, dass sie nie Seekrank sei und zeigte ein träges Interesse an den anwesenden Damen. Ihr Blick auf die Männer war zunächst scharf, dann neutral.

Während des Essens drehte sie sich noch einmal langsam um und warf mir einen fragenden Blick zu. Ich fing ihren Blick auf. Sie zeigte sich nicht im geringsten verlegen und fragte mich, ob die Band darauf bestehe, jeden Tag zu spielen. Bevor sie den Saloon verließ, konnte man sehen, dass viele Anwesende über sie sprachen. Sogar der grimmige alte Kapitän folgte ihr mit seinen Augen, während sie ging. Als sie aufstand, fragte ich sie, ob sie an Deck gehen würde. Ich tat es beiläufig, als wäre es ihre übliche Gewohnheit, nach dem Abendessen dort zu erscheinen. In ähnlicher Weise antwortete sie, dass ihre Magd etwas auspacken müsse, dass sie einige Dinge zu beaufsichtigen habe und dass sie danach vorhabe, eine Zeit an Deck zu verbringen. Dann wurde sie mit einem seltsamen Lächeln ohnmächtig.

[Notiz von Dr. Nur wenige sind reine Einbildung.]

KAPITEL II

„MOTLEY IST DEINE EINZIGE KLEIDUNG"

Ich ging in meine Hütte, nahm ein Buch, setzte mich und begann zu rauchen. Meine Gedanken schweiften von dem Buch ab, und dann geschah etwas Seltsames, Unpassendes. Es war ein erinnerter Vorfall. Es kam mir wie eine Vision, als ich mir eine frische Zigarre anzündete:

Ein Junge und ein Mädchen in einer Dorfapotheke; er mit der Liebe eines Jungen zu ihr, sie antwortet mit Worten, aber nicht in Wirklichkeit. Er ging an ihr vorbei und trug eine Portion Schwefelsäure. Sie streckte plötzlich und spielerisch ihre Hand aus, als wollte sie ihm den Weg versperren. Sein Fuß rutschte auf dem öligen Boden aus und die Säure ergoss sich auf seine Hände und den Rock ihres Kleides. Er drehte sich sofort um und tauchte seine Hände in ein Maß Alkohol, das in der Nähe stand, bevor die Säure sie mehr als nur leicht verbrüht hatte. Sie warf einen Blick auf sein erschrockenes Gesicht; ihres war emotionslos. Sie schaute nach unten und sagte gereizt: „Du hast mein Kleid ruiniert; ich kann nicht auf die Straße gehen."

Auch die Kleidung des Jungen wurde verbrannt. Er war arm, und es musste für ihn eine Prüfung sein, sie zu ersetzen; Ihr Vater besaß den Laden und war wohlhabend. Dennoch bedauerte es ihn am meisten, dass sie verärgert war, obwohl er ihre Ungerechtigkeit sah. Aber sie wandte sich ab und verließ ihn.

Eine weitere Szene überquerte dann die Rauchscheibe:

Der Junge und das Mädchen, jetzt Mann und Frau, stehen allein in der Apotheke. Er kam aus der großen Arbeitswelt, nachdem er viele Länder bereist hatte. Sein Ruhm war mit ihm gekommen. Sie sollte am nächsten Tag mit einem Verkäufer von Purpur und feinem Leinen verheiratet werden. Er lächelte zum Abschied, und in seinem Lächeln war nichts von der alten Vergangenheit zu erkennen. Die Flamme war jetzt in ihren Augen, und sie streckte beide Hände aus, um ihn aufzuhalten, als er sich zum Gehen umdrehte; aber sein Gesicht war leidenschaftslos. „Du hast mein Herz verdorben", sagte sie; „So kann ich nicht in die Welt gehen."

„Es ist zu spät; die Maßnahmen sind leer", antwortete er.

„Ich liebe dich heute, ich werde dich morgen verabscheuen", war die Antwort.

Aber er drehte sich um und verließ sie, und sie streckte blind ihre Hände aus und folgte ihm weinend in die Dunkelheit.

War es der Geruch der Chemikalien in meiner Kabine, gepaart mit einer unterirdischen Assoziation von Dingen, der mir diese Szenen in diesem Moment lebhaft vor Augen führte? Was hatten sie mit Frau Falchion zu tun?

Es kam eine Zeit, in der mir das Ereignis im Lichte meiner Vorahnung erschien, aber dann begann ich zu verstehen, dass alle Ideen, alle Vernunft und Philosophie das Ergebnis äußerer Eindrücke sind. Die Ursprache unseres Geistes liegt im Konkreten. Danach wird es zur Chiffre, und selbst in seiner höchsten Form wird es durch Winkel, Linien und geometrische Formen ausgedrückt – Substanzen und anspielende Formen. Aber jetzt, als sich die Szene verlagerte, hatte ich unwillkürlich meine Hände nach vorne geschoben, wie das Mädchen es tat, als sie in die Nacht hinausging, und berührte dabei den Vorhang meiner Kabinentür, die sich auf mich zu öffnete. Ich erholte mich, und ein Mann trat schüchtern ein und klopfte dabei an. Es war der Intermediate Passenger. Sein Gesicht war blass; er sah krank aus.

So dürftig seine Kleidung auch war, ich sah, dass er die Einflüsse der guten Gesellschaft gekannt und die Vorzüge der guten Gesellschaft praktiziert hatte, obwohl sein Verhalten jetzt zögernd und ängstlich war. Ich wusste auf den ersten Blick, dass er sowohl unter körperlichen Schmerzen als auch unter psychischen Sorgen litt. Wortlos nahm ich sein Handgelenk und fühlte seinen Puls, und er sagte: „Ich dachte, ich könnte es wagen, zu kommen –"

Ich bedeutete ihm, nicht zu sprechen. Ich zählte die unregelmäßigen Pulsschläge und lauschte dann dem Schlag seines Herzens, wobei ich mein Ohr an seine Brust hielt. Darin lag sein körperliches Problem. Ich schüttete eine Dosis Digitalis aus, reichte sie ihm und forderte ihn auf, sich zu setzen. Während er da saß und die Medizin trank, musterte ich ihn schnell. Das Kinn war fest und die Augen hatten einen hartnäckigen, beharrlichen Blick, der, wenn er sich auf dich richtete, nicht dich selbst, sondern etwas sah, das über dich hinausging. Der Kopf war leicht nach vorne geneigt, die Augen blickten schräg nach oben. Diese letzte Handlung war für ihn zur Gewohnheit. Es verlieh ihm eine besondere Ernsthaftigkeit. Als ich diese Besonderheiten bemerkte, waren meine Gedanken auch bei seinem Fall; Ich sah, dass sein Leben bedroht war. Vielleicht ahnte er, was in mir vorging, denn er sagte mit leiser, kultivierter Stimme: „Die Räder werden irgendwann zu lange stehen bleiben, und es wird keinen Rückprall geben." – bezieht sich auf die unregelmäßige Bewegung seines Herzens.

„Vielleicht ist das wahr", sagte ich; „Dennoch hängt es stark von Ihnen selbst ab, wann es sein wird. Männer können sterben, wenn sie wollen, ohne Selbstmord zu begehen. Schauen Sie sich die Maori, die Tonganer, die Malayen an. Sie können auch das Leben verlängern (nicht auf unbestimmte Zeit, aber in einem Fall wie Ihrem). wenn sie es wünschen, können Sie Ihre Tage verlängern, wenn Sie nicht über tödliche Dinge grübeln – tödlich für Sie, wenn Sie sich nicht ins Grab begeben.

Ich wusste, dass einiges davon banal war und dass der Rat an einen solchen Mann realistischer sein musste, wenn er befolgt werden wollte. Mir war auch bewusst, dass die Sorge in neun von zehn Fällen keine freiwillige oder verfassungsmäßige Ursache hat, sondern eine äußere Ursache hat.

Er lächelte schwach, hob den Kopf etwas höher und sagte: „Ja, das ist es wohl, aber wir ordnen unsere eigene Konstitution nicht; und ich glaube, Herr Doktor, dass Sie einen Nerv töten müssen, bevor er aufhört." Ich denke, man macht sich keine Sorgen, genauso wenig wie man sich dafür entscheidet, einen Nerv offenzulegen. Und dann senkte er den Blick, als ob er dachte, er hätte bereits zu viel gesagt.

Wieder betrachtete ich ihn und wiederholte im Geiste meine Definitionen. Er war kein Trunkenbold; Er hätte kein Laster haben können, so frei war sein Gesicht von jedem Anzeichen von Verschwendung oder Nachsicht; aber es gab Leid, möglicherweise die Spuren einer erlittenen Schande. Das Leid und die Schatten kamen umso deutlicher zum Vorschein, als seine Gesichtszüge für eine Frau fein genug waren. Und insgesamt fiel mir auf, dass er von einer bestimmten Idee besessen war, die seinem Aussehen eine Art traurige Beredsamkeit verlieh, wie man sie gelegentlich im Gesicht eines großen Schauspielers wie Salvini, auf der Stirn eines gläubigen Buddhisten oder in … sieht die Augen eines jesuitischen Missionars, der in der Wildnis den Märtyrertod stirbt.

Ich empfand für den Mann sofort eine Sympathie, eine Brüderlichkeit, deren Ursachen ich kaum nachvollziehen könnte. Die meisten Menschen machen diese Erfahrung irgendwann in ihrem Leben. Es geht nicht um Sex; es kann zwischen einem alten Mann und einem kleinen Kind, einem großen Mann und einem Arbeiter, einem Schulmädchen und einer alten einheimischen Frau sein. In solchen Kameradschaften steckt weniger Eigeninteresse als in jeder anderen. Wie gesagt, ich dachte, dass dieser Mann ein Problem hatte, und ich wollte es wissen; nicht aus Neugier – obwohl mein Geist selbstsüchtig und forschend war –, sondern weil ich hoffte, ihm vielleicht irgendwie helfen zu können. Ich legte meine Hand auf seine Schulter und antwortete: „Es wird dir nie besser gehen, wenn du deine Sorgen nicht los wirst."

Er holte scharf Luft und sagte: „Das weiß ich. Ich fürchte, es wird mir nie besser gehen."

Es entstand eine Stille, in der wir uns fest ansahen, und dann fügte er mit einem intensiven, aber leisen Kummer hinzu: „Nie – nie!"

Daraufhin strich er sich müde mit der Hand über die Stirn, erhob sich und drehte sich zur Tür um. Dabei schwankte er und wäre am liebsten gestürzt, aber ich fing ihn auf, als er das Bewusstsein verlor, und legte ihn auf das Kabinensofa. Ich rieb ihm die Hände, öffnete seinen Kragen und öffnete die Brust seines Hemdes. Als sich das Leinen von seinem Hals löste, kam auf seiner Brust ein kleines Porträt auf Elfenbein zum Vorschein. Ich schaute es mir damals nicht genau an, aber es fiel mir auf, dass der Kopf der Frau auf dem Porträt bekannt vorkam, obwohl die künstlerische Arbeit nicht neu war und die Mode der Frisur Jahre zuvor herrührte. Als sich seine Augen öffneten und er spürte, wie sein Hals entblößt war, hob er hastig die Hand, zog das Halsband zu und warf mir gleichzeitig einen erschrockenen und fragenden Blick zu. Nach ein paar Augenblicken half ich ihm auf die Beine, und er dankte mir mehr mit einem Blick als mit Worten und wandte sich wieder der Tür zu.

„Warte", sagte ich, „bis ich dir etwas Medizin gebe, und dann nimmst du meinen Arm zu deiner Kabine." Mit einer Handbewegung, die die Nutzlosigkeit aller Heilmittel zum Ausdruck brachte, setzte er sich wieder hin. Als ich ihm das Fläschchen reichte, fuhr ich fort: „Ich weiß, dass es mich nichts angeht, aber du leidest. Um deinem Körper zu helfen, sollte auch deinem Geist geholfen werden. Kannst du mir nicht sagen, was für ein Problem du hast? Vielleicht sollte ich das tun." Ich würde dir dienen können, wenn ich könnte.

Es kann sein, dass ich mit ein wenig Gefühl und scheinbarer Ehrlichkeit gesprochen habe; denn seine Augen suchten meine in einer Art ernsthafter Verwirrung, als könnte das nicht wahr sein – als ob das Leben tatsächlich so hart mit ihm gelaufen wäre, dass er den Weg der Güte vergessen hätte. Dann streckte er seine Hand aus und sagte gebrochen: „Ich bin dankbar, glauben Sie mir. Ich kann es Ihnen im Moment nicht sagen, aber ich werde es vielleicht bald tun." Seine Hand lag auf dem Türvorhang, als draußen die Stimme meines Verwalters zu hören war, der meinen Namen rief. Der Mann selbst trat sofort ein und sagte, dass Frau Falchion ihr Komplimente geschickt habe und dass ich sofort zu ihrer Begleiterin, Miss Caron, kommen würde, die sich verletzt hatte.

Der mittlere Passagier warf mir einen seltsamen Blick zu; seine Lippen öffneten sich, als wollte er etwas sagen, aber er sagte nichts. In diesem Moment fiel mir ein, wem das Bild auf seiner Brust ähnelte: Es war Frau Falchion.

Ich glaube, er sah diese neue Intelligenz in meinem Gesicht und ein bedeutungsvolles Lächeln ersetzte die Worte, als er langsam die Kabine verließ und stumm die Hilfe ablehnte.

Ich ging zu Frau Falchions Hütte und traf sie vor der Tür. Sie sah unzufrieden aus. „Justine hat sich verletzt", sagte sie. „Bitte kümmern Sie sich um sie; ich gehe an Deck."

Die Gefühllosigkeit dieser Bemerkung hielt mich einen Moment lang in Atem; dann betrat ich die Kabine. Justine Caron, ein zartes, aber warmgesichtiges Mädchen von kaum mehr als zwanzig Jahren, saß auf dem Sofa in der Kabine, den Kopf an die Wand gelehnt und die Hand in einem blutgetränkten Taschentuch verwundet. Auch ihr Kleid und der Boden waren fleckig. Ich öffnete das Taschentuch und entdeckte eine hässliche Wunde in der Handfläche. Ich rief den Verwalter und schickte ihn zu meiner Apotheke, um einige lebensnotwendige Dinge zu holen; Dann fragte ich sie, wie es passiert sei. In dem Moment sah ich die Ursache – eine zerbrochene Flasche, die auf dem Boden lag. „Das Schiff rollte", sagte sie. „Die Flasche fiel vom Regal auf den Marmorwaschtisch und zerbrach von dort auf den Boden. Madame packte mich am Arm, um sich vor dem Sturz zu retten; aber ich rutschte aus und wurde an der Flasche verletzt – so."

Als sie zu Ende war, klopfte es, aber der Vorhang war nicht zugezogen, und man hörte Frau Falchions Stimme. „Mein Kleid ist voller Flecken, Justine."

Das halb ohnmächtige Mädchen antwortete schwach: „Es tut mir wirklich sehr leid, Madame."

Darauf erwiderte Frau Falchion: „Wenn Sie versorgt sind, können Sie zu Bett gehen, Justine. Ich werde Sie heute Nacht nicht mehr wollen. Aber ich werde mein Kleid wechseln. Es ist so unangenehm; ich hasse Blut. I Ich hoffe, dass es dir morgen früh gut geht.

Darauf antwortete Justine: „Ah, Madame, es tut mir leid. Ich konnte nichts dagegen tun, aber morgen früh werde ich ganz sicher gesund sein, da bin ich mir sicher." Dann fügte sie leise zu mir hinzu: „Die arme Madame! Sie wird kein Leid sehen. Sie hasst Schmerzen. Krankheit plagt sie. Werde ich meine Hand bald wieder gebrauchen können, Monsieur?"

In ihren Augen lag ein wehmütiger Ausdruck, und als ich erriet, warum es dort war, sagte ich: „Ja, bald, hoffe ich – zweifellos in ein paar Tagen."

Ihr Gesicht leuchtete auf und sie sagte: „Madame schätzt, dass ihre Menschen glücklich und gesund sind." Dann, als hätte sie vielleicht zu viel gesagt, fügte sie hastig hinzu: „Aber sie ist sehr nett." Sie bückte sich schnell, ihr Gesicht wurde vor Anstrengung ganz weiß, hob das zerbrochene Glas auf und warf es durch das Bullauge ins Meer.

Eine halbe Stunde später ging ich an Deck und fand Frau Falchion bequem in ihrem Liegestuhl sitzend. Ich brachte einen Hocker herüber und setzte mich neben sie. Bis heute verblüfft mich die Schnelligkeit, mit der ich freundschaftliche Beziehungen zu ihr aufbaute.

„Justine geht es besser?" sagte sie und ihre Hand machte eine leichte angewiderte Bewegung.

„Ja. Sie wurde natürlich nicht gefährlich verletzt."

„Lassen Sie uns bitte das Thema wechseln. Ich glaube, bevor wir in Aden ankommen, wird es an Bord einen Kostümball geben ? Ist es nicht – belanglos?"

„Das kommt darauf an", sagte ich vage und forderte damit eine Frage heraus. Sie faulenzte mit einem Buch auf dem Schoß.

"Auf was?"

„Auf diejenigen, die gehen, welche Kostüme getragen werden und wie viel Schönheit und Kunst zum Vorschein kommt."

„Aber die Mühe! Lohnt es sich? Welche Rendite bekommt man?"

„Wenn alle bewundern, die Hälfte neidisch, einige eifersüchtig und einer hingebungsvoll ist – ist das nicht genug?" Ich glaube, ich war in dieser Nacht ein Idiot.

„Sie scheinen Frauen zu verstehen", sagte sie mit einem verwirrenden und nicht ganz zufriedenstellenden Lächeln. „Ja, das ist alles etwas."

Obwohl ich eher auf das Meer als auf sie blickte, sah ich wieder diesen fragenden Blick in ihren Augen – einen abschätzenden Blick, wie ihn ein Rekrutierungssergeant einem Opfer des Schillings der Königin zuwerfen würde.

Nach einer kurzen Pause fuhr sie fort, dachte ich geistesabwesend: „Als was solltest du gehen?"

Ich antwortete leichthin und ohne Vorsatz: „Als Caius Cassius. Warum solltest du nicht als Portia auftreten?"

Sie hob ihre Augenbrauen.

„Als Portia?"

„Als Portia, die Frau von Brutus", stolperte ich weiter und erhielt gleichzeitig durch ein Nicken ihre Erlaubnis, meine Zigarre anzuzünden.

„Die fromme, liebeskranke Frau des Brutus!" Dies in einem verächtlichen Tonfall, und die weißen Zähne klickten leise ineinander.

„Ja, eine gute Verkleidung", sagte ich scherzhaft, obwohl ich es mir auch etwas zögerlich vorstelle, und sicherlich mit einem Hauch von Unhöflichkeit. Ich dachte in diesem Moment an den Intermediate Passenger und war neugierig.

„Und Sie denken darüber nach, sich als Gentleman zu verkleiden? Caius Cassius war das doch, nicht wahr?" sie erwiderte in einem ironischen Ton.

„Das nehme ich an, obwohl er einmal wegen Unhöflichkeit bestraft wurde“, antwortete ich entschuldigend.

„Ganz recht“, war die entscheidende Antwort.

Ich fand sie völlig cool, während ich ein wenig verwirrt war und mich auch schämte, weil ich versucht hatte, spielerisch satirisch zu sein. Und so fragte ich mich verzweifelt, was ich als nächstes sagen sollte: „Magst du das Meer?“

„Ich bin auf See nie krank“, war ihre Antwort. „Aber ich mag es nicht wirklich; es ist tückisch. Das Land würde mich befriedigen, wenn ...“ Sie hielt inne.

„Ja, Frau Falchion – ‚wenn‘?“

„Wenn ich nicht reisen wollte“, fügte sie vage hinzu und sah mich ausdruckslos an.

„Du bist viel gereist?“ Ich habe es gewagt.

"Viel;" und wieder sah ich diesen prüfenden Blick in ihren Augen. In diesem Moment kam mir der Gedanke, dass sie vielleicht denken würde, ich hätte bereits etwas von ihr gewusst.

Meine Gedanken waren wieder mit dem Mittelpassagier und dem Porträt beschäftigt, das er an seinem Hals trug. Ich hätte fast gelacht, als ich an die melodramatische Wendung dachte, die mein erstes Gespräch mit dieser Frau nehmen könnte. Ich hatte das Gefühl, dass ich es mit jemandem zu tun hatte, der in der Lage war, jedem meiner Fortschritte geschickt zu begegnen, aber ich beschloss, das Gespräch so tief wie möglich zu führen.

„Ich nehme auch an, dass Sie ein guter praktischer Seemann sind – das heißt, Sie verstehen Seemannschaft, wenn Sie viel gereist sind?“ Ich weiß nicht, warum ich das gesagt habe, denn hinterher kam es mir dumm vor.

„Ganz gut“, antwortete sie. „Ich komme mit einem Segel zurecht; ich kenne die Sprache, ich kann die Wanten von den Schanzkleidern unterscheiden, und ich habe ein Boot in unruhiger See gerudert.“

„Es ist keine für Ihr Geschlecht übliche Leistung.“

„Es war ganz normal, wo ich den ersten Teil meines Lebens verbracht habe“, war die müßige Antwort; und sie machte es sich bequemer in ihrem Stuhl.

„Ja? Darf ich fragen, wo das war?“ und als ich das sagte, kam mir der Gedanke, dass sie mich vielleicht weiterführen wollte, anstatt dass ich sie führte; um mich zu verraten, was ich über sie wusste.

„In der Südsee“, antwortete sie. „Mein Vater war britischer Konsul auf den Inseln.“

„Du bist jetzt nicht von den Inseln gekommen, nehme ich an?"

„Nein", sagte sie etwas leiser; „Es ist Jahre her, seit ich in Samoa war … Mein Vater ist dort begraben."

„Sie müssen ein romantisches Leben an diesen halbbarbarischen Orten gefunden haben?"

Sie rutschte auf ihrem Stuhl hin und her. "Romantisch!" Ihr Tonfall vermittelte eine ganz leichte Unruhe und Unbestimmtheit. „Ich fürchte, Sie müssen jemand anderen nach solchen Dingen fragen. Ich habe nicht viel Romantik gesehen, aber ich habe viele gesehen, die halbbarbarisch waren." Hier lachte sie leicht.

In diesem Moment sah ich in der Ferne die Lichter eines Schiffes. „Sehen Sie – ein Gefäß!" Ich sagte; und ich beobachtete die Lichter schweigend, aber nachdenklich. Ich sah, dass auch sie untätig zusah.

Schließlich, als würde ich das Gespräch fortsetzen, sagte ich: „Ja, ich nehme an, das Leben unter wilden Menschen wie den Samoanern, Tonganern und Fidschianern muss etwas abenteuerlich und gefährlich sein?"

„In der Tat", antwortete sie entschieden, „sollten Sie nichts dergleichen annehmen. Die Gefahr besteht nicht nur für die Weißen."

Daraufhin zeigte ich mich, wie ich wirklich war, interessiert und bat sie, ihr zu erklären, was sie meinte. Sie dachte einen Moment nach und skizzierte dann kurz, aber klar das Leben auf diesen Inseln und zeigte, wie die Eingeborenen trotz ihrer selbstsüchtigen und selbstlosen Missionsarbeit zum Opfer der Zivilisation wurden, zur Beute der weißen Händler und Strandräuber, die es waren geschützt durch Kriegsschiffe mit überzeugenden Nordenfeldt- und Hotchkiss-Geschützen; wie die unerschütterliche Kraft des barbarischen Daseins schwand und mit ihr der grobe Sinn für Gerechtigkeit, die Praxis des Kommunismus in seiner einfachsten und reinsten Form, die Tapferkeit der Nationalität. Diese Sätze sind meine eigenen – der Inhalt, nicht die Mode, ihrer Rede.

„Sie glauben also", sagte ich, „nicht ganz an die Selbstlosigkeit der Missionare, den fairen Umgang der Händler, die vollkommene Unparteilichkeit der Gerechtigkeit, wie sie in stahlgepanzerten Kreuzern zum Ausdruck kommen?"

„Ich habe zu viel gesehen, als dass ich ein gerechtes Urteil fällen könnte, fürchte ich, selbst gegenüber Kriegsmännern." und sie hielt inne und lauschte einem Lied, das aus dem hinteren Teil des Schiffes kam. Die Luft war sehr still, und ein paar Worte des drolligen, klagenden Liedchens drangen zu uns.

Als Quartiermeister Stone an uns vorbeikam, summte er es, und einige Stimmen der Passagiere der ersten Klasse stimmten fast in den Refrain ein:

„Singe, hey, für einen Rover auf dem Meer
und die alte Welt!"

Einige Tage später erhielt ich das gesamte Lied von einem der Zwischenpassagiere, und die letzte Strophe davon gebe ich hier an:

„Ich segele, ich segele auf dem Meer,
zu einem Hafen, wo der Wind still ist; Oh, mein Schatz, wartest du auf mich? Oh, mein Schatz, liebst du mich noch? Singe , hey, für einen Rover auf dem Meer und der alten Welt!"

Ich bemerkte, dass sich Mrs. Falchions Stirn im Verlauf des Liedes zusammenzog und eine tiefe vertikale Linie zwischen den Augen bildete, und dass sich die Finger der Hand, die mir am nächsten war, fest um die Stuhllehne schlossen. Die Hand hat mich angezogen. Es war lang, die Finger waren wohlgeformt, aber nicht deutlich spitz zulaufend, und ließen auf Festigkeit schließen. Als ich ihr später die Hand schüttelte, bemerkte ich, dass ihre Finger die eigene Hand umschlossen; Es war keine bloße Berührung oder ein bloßer Druck, sondern eine emotionslose und besitzergreifende Umarmung. Ich war mir sicher, dass sie das Lied schon einmal gehört hatte, sonst hätte es nicht einmal diese so leichte Wirkung auf ihre Nerven hervorgerufen. Ich sagte: „Es ist ein uriges Lied. Ich nehme an, Sie kennen es und alle seine Art?"

„Ich glaube, ich habe es irgendwo gehört", antwortete sie mit kalter Stimme.

Mir ist bewusst, dass meine nächste Frage nicht durch unsere sehr kurze Bekanntschaft gerechtfertigt war; Aber diese Bekanntschaft war von Anfang an einzigartig und schien in diesem Moment nicht so, wie sie auf dem Papier aussieht. außerdem hatte ich den Intermediate Passenger im Kopf. „Vielleicht ist Ihr Mann ein Marinemann?" Ich fragte.

Eine leichte Röte huschte über ihr Gesicht, und dann, als sie mich mit neutralem Gesichtsausdruck und einer gewissen Zurückhaltung ansah, antwortete sie: „Mein Mann war kein Marinemann."

Sie sagte: „war nicht." Das bedeutete seinen Tod.

Es gab keine Probleme in ihrem Benehmen; Ich konnte keine Anzeichen von Aufregung erkennen. Ich drehte mich um, um in die Lichter des sich nähernden Schiffes zu blicken, und dort lehnte an der Reling, die die beiden Decks trennte, der Mittelpassagier. Er sah uns aufmerksam an. Einen Moment nachdem er verschwunden war. Zweifellos bestand zwischen diesen beiden eine enge Verbindung.

Meine Gedanken wurden jedoch abgelenkt, als unser Schiff dem anderen ein Zeichen gab. Hungerford fuhr gerade vorbei und ich sagte: „Haben Sie eine Ahnung, um welches Schiff es sich handelt, Hungerford?“

„Ja, Kriegsschiff ‚Porcupine‘, auf dem Weg nach Aden, glaube ich.“

Frau Falchion lachte darüber seltsam, während sie sich nach vorne beugte und dann schnell aufstand und sagte: „Ich gehe lieber.“

„Darf ich Sie begleiten?“ Ich fragte.

Sie neigte den Kopf und wir schlossen uns den Spaziergängern an. Die Kapelle spielte, und für eine Schiffskapelle sehr gut, die Ballettmusik von Delibes’ „Sylvia“. Die Musiker hatten den unakzentuierten und sinnlichen Schwung der Melodie eingefangen, den die sanfte, tropische Atmosphäre noch träger machte. Mit Mrs. Falchions Hand auf meinem Arm verspürte ich ein Gefühl der Kapitulation vor der Musik und vor ihr, unheimlich in seiner Plötzlichkeit. In diesem zeitlichen Abstand erscheint es mir absurd. Etwas Ähnliches hatte ich einmal mit der Hand eines jungen Medizinstudenten erlebt, der, geschickt im Gedankenlesen, die Nummer einer Banknote entdeckte, die ich im Kopf hatte.

Diese Frau hatte eine fesselnde und entzückende Anziehungskraft, zumindest in ihrer früheren Anwendung auf mich. Sowohl beruflich als auch gesellschaftlich bin ich mit Frauen von Schönheit und Anmut in Kontakt gekommen, aber nie eine, die wie Frau Falchion so unbewusst schien, weil sie schön war, so gleichgültig gegenüber ihren Mitmenschen, so unberührt von den Gefühlen anderer, so wenig Sensibilität des Herzens; und die immer noch Menschen zu sich zog. Ich spreche jetzt vom früheren Teil unserer Bekanntschaft; von ihr, wie sie bis zu diesem Abschnitt ihres Lebens war.

Mit dieser Meinung über sie war ich nicht allein, denn im Laufe der Zeit wurde ihr jeder vorzeigbare Mann und jede vorzeigbare Frau auf dem Boot vorgestellt; und wenn einige Frauen sie kritisierten und andere sie nicht mochten, so erkannten doch alle ihr Talent und ihre imperiale Anziehungskraft an. Unter den Männern wurde ihr Name nur mit Zurückhaltung und Respekt ausgesprochen, und ihr Nachmittagstee war wie ein kleiner Hof. Sie hatte keine kompromittierende Zärtlichkeit gegenüber Mann oder Frau; Sie herrschte, war aber auf allen Wegen des Gefühls unnahbar. Sie besaß eine ruhige Souveränität, die man bei einem Mann als „sang-froid“ bezeichnen würde.

„Haben Sie jemals eine spanisch-mexikanische Frau tanzen sehen?“ fragte sie in einer der Pausen der Musik.

„Niemals, niemals gutes Tanzen, außer dem, was man in einem Londoner Theater bekommt.“

„Das ist anmutig“, sagte sie, „aber kein Tanz. Sie haben von Musik gehört, die das Blut in Wallung bringt; von wilden Rassen – und anderen –, die sich bis zur ekstatischen Wut steigern? Vielleicht haben Sie die Derwische oder die Fidschianer oder die … gesehen Australische Ureinwohner? Nun ja, und ich habe diese spanisch-mexikanischen Frauen schon einmal tanzen sehen fragte mich das mit ihrer Hand auf meinem Arm! – „Nun, das ist es. Ich habe solche Gefühle gegenüber einem Pferd empfunden, das ein großes Rennen gewonnen hat, und gegenüber einer Frau, die mich durch das fantastische Drama ihres Tanzes mitgenommen hat.“ , bis sie am Höhepunkt stand, den Kopf zurückgeworfen, das Gesicht glühend – eine Statue. Es ist großartig, so beredt zu sein, nicht in Worten, sondern persönlich.

Darin lag der Schlüssel zu ihrer eigenen Natur. Körperlich und geistig war sie frei von gewöhnlicher Morbidität, es sei denn, ihre Abneigung gegen alles Leiden war krankhaft. Bei ihr war das eine Abneigung gegen jede Erschütterung der Sinne. Sie war in jeder Hinsicht egoistisch.

Diese Schlussfolgerungen wurden auf Kosten der Rede meinerseits verfolgt. Zuerst schien sie mein Schweigen nicht zu beachten. Sie schien eigene Gedanken zu haben; aber sie schüttelte sie mit einer kleinen, festen Bewegung der Schultern ab und sagte mit dem Anschein einer zurückhaltenden Haltung und einer unbekümmerten Gereiztheit: „Nun, amüsieren Sie mich.“

"Dich amüsieren?" war meine Antwort. „Ich freue mich, das zu tun, wenn ich kann. Wie?“

„Sprich mit mir“, war die schnelle Antwort.

„Würde das den Zweck erfüllen?“ Dies in einem Ton gespielten Protests.

„Bitte seien Sie nicht dumm, Dr. Marmion. Ich mag es nicht, etwas erklären zu   müssen.
Erzählen Sie mir Dinge.“

"Worüber?"

„Oh, über dich selbst – über Menschen, die du getroffen hast, und all das; denn ich nehme an, du hast viel gesehen und viel erlebt.“

„Über Krankenhausfälle?“ Ich sagte ein wenig böswillig.

„Nein, bitte, nein! Ich verabscheue alles, was krank und arm und elend ist.“

„Nun“, sagte ich müßig, „wenn nicht ein Krankenhaus, wie wäre es dann mit einem Gefängnis?“

Ich spürte, wie die Hand an meinem Arm leicht zuckte, und dann kam ihre Antwort.

„Ich sagte, ich hasse alles, was elend und böse ist. Du bist entweder dumm oder absichtlich irritierend."

„Na dann, ein College?"

„Ein College? Ja, das hört sich besser an. Aber ich wünsche mir keine Beschreibungen wie ‚eingesperrt' oder ‚hinabgeschickt' oder ‚gepflügt' und so etwas Alltägliches. Ich würde es vorziehen, es sei denn, Ihre Eitelkeit führt Sie unwiderstehlich hinein diese Richtung, etwas mit reifem Leben und Vergnügen; oder zumindest Leben und Vorkommnis und guter Sport – wenn man nicht über die Schrecken des Tötens nachdenkt."

In diesem Moment kam mir die Erinnerung an die Frau von Professor Valiant in den Sinn. Ich denke, es war nicht das, was sie wollte; aber ich hatte ein Ziel und begann:

„Jeder in St. Luke's bewunderte und respektierte die Frau von Professor Valiant, sie war so offenherzig und herzlich und geradezu hübsch. In unseren Zimmern nannten wir sie alle einen guten Kerl und einen verdammt guten Kerl, wenn ihr Mann zufällig rostiger als sonst war. Er war unser Professor für Naturwissenschaften, weil er sich für die Naturwissenschaften entschieden hatte, weil sie ihm ungewöhnliche Möglichkeiten zur Folter boten. Er konnte mit wenigen Worten eine ganze Klasse mit Strafe aus dem Konzept bringen; und über seine Hakennase und sein Fischauge wurden viele glühende lateinische Verse geschrieben.

„Aber seine größten Talente in dieser Richtung waren seiner Frau vorbehalten. Seine verzerrte Vorstellung von seiner eigenen Bedeutung ließ ihn sie als bewegliches Gut, als minderwertiges Wesen betrachten; umso mehr, glaube ich, weil sie ihm wenig Geld einbrachte, als er sie heiratete Sie war zu sehr die Frau, um so zu tun, als würde sie vor ihm niederknien, und weil sie nicht seine Sklavin sein wollte, hatte er zunächst darauf bestanden, dass sie Naturwissenschaften lernen sollte, damit sie ihm bei seinen Experimenten helfen könne. Sie wusste, dass sie keinen Geschmack dafür hatte, dass es nicht zu ihrer Pflicht als Frau gehörte, und sie tat, was ihr besser gefiel – sie folgte den Hunden Und so geschah es, dass sie nach einiger Zeit ziemlich gut ihre eigenen Wege gingen;

„Sie war immer freundlich zu mir. Ich war der jüngste Junge im College und wurde von allen als ‚Marmy' bezeichnet; und weil ich mich mehr für die Wissenschaft interessierte als die meisten anderen Männer in den verschiedenen Jahren, war Valiant gnädiger zu mir." als die anderen, obwohl ich ihn eines Tages nicht mochte, als ich anrief, hörte ich sie zu ihm sagen, ohne zu wissen, dass ich in der Nähe war: „Was auch immer du fühlst oder wie auch immer du dich privat mir gegenüber verhältst, ich werde Respekt haben." wenn andere anwesend sind.'

„Es war Brauch, dass die Professoren jeden Studenten während des Semesters einmal zum Mittag- oder Abendessen einluden. Da ich jedoch sowohl bei Professor als auch bei Frau Valiant zu den Lieblingen gehörte, aß ich oft mit ihnen zu Mittag. Ich brauche kaum zu sagen, dass ich das nicht tun sollte." Ich habe die Vorschrift einmal überschritten, wenn nicht Mrs. Valiant gewesen wäre. Das letzte Mal, als ich dort war, ist mir so deutlich in Erinnerung geblieben, als wäre es gestern gewesen Die Augen seiner Frau, die mir ein seltsames Gefühl gaben; und doch war sie gesprächig und sogar fröhlich, während ich mehr als einmal unter dem Tisch die Faust ballte, so sehr wollte ich ihn schlagen, denn ich war ihr Liebhaber; , auf eine respektvolle, jungenhafte Art.

„Da ich wusste, dass ihr die Jagd gefiel, fragte ich sie schließlich, ob sie am nächsten Samstag zum Treffen gehen würde, und sagte, dass ich vorhabe, mitzukommen, da mir ein Pferd angeboten worden sei. Mit einem stählernen Klang in ihrer Stimme und einem weiteren Mit leuchtenden Augen sagte sie: „Du bist ein beherzter kleiner Sportler, Marmy. Ja, ich steige auf Major Karneys großes Pferd, Carbine."

„Valiant schaute auf, halb höhnisch, halb zweifelnd, dachte ich, und erwiderte: ‚Karabiner ist ein wertvolles Pferd, und die Zäune im Garston-Land sind steif.'

„Sie lächelte ernst und sagte dann, den Blick auf ihren Mann gerichtet: ‚Carbine ist ein perfekter Gentleman. Er wird tun, was ich von ihm verlange. Ich habe ihn geritten.'

„„Was für einen Teufel du hast!' er antwortete.

„„Ich bin sicher', sagte ich, wie ich hoffte, mutig und nicht wenig enthusiastisch, ‚dass Carbine jeden Zaun nehmen würde, den Sie von ihm verlangen würden.'

„„Oder auch nicht, je nachdem. Danke, Marmy, für das Kompliment', sagte sie.

„„Ein Triton unter den Elritzen', bemerkte Valiant nicht ganz leise; ‚Pferde gehorchen, und Studenten bewundern, und ihre Größe kennt kein Ende.'

„„Alles hat ein Ende, Edward', bemerkte sie ein wenig traurig und leise.

„Er drehte sich zu mir und sagte: ‚Wissenschaft ist ein großartiges Studium, Marmion, aber sie ist auch sardonisch; denn Sie werden feststellen, dass, wenn Sie selbst einen Triton auf seine ursprünglichen Elemente reduzieren —'

„„Oh, bitte lassen Sie mich ausreden', unterbrach sie sanft. ‚Ich kenne den Vortrag so gut. Er lautet so: „Der Ort der Generation muss aufbrechen, um dem Erzeugten Platz zu machen; aber der Einfluss breitet sich über die Fragmente hinaus aus und ist somit größer als in der Masse – weder Materie noch Geist können zerstört werden. Die Erde war geschmolzen, bevor sie zu kaltem Gestein und einer stillen Welt wurde. „Da siehst du, Marmy, dass ich eine Mitschülerin von dir bin."

„Valiants Augen waren hässlich anzusehen; denn sie hatte aus einem Vortrag von ihm zitiert, den er uns in dieser Woche gehalten hatte. Nach einem Moment sagte er mit langsamer Boshaftigkeit: ‚Oh, ihr Götter, macht mich dieser Portia würdig und lehrt sie.‘ zu tun, was Brutus‘ Portia getan hat, bis in alle Ewigkeit!‘

„Sie schauderte ein wenig, dann sagte sie sehr gnädig und als hätte er nichts als Freundlichkeit gemeint: ‚Ich bin ein Bettler, ich bin sogar arm an Dankbarkeit.‘ Ich werde dich jetzt deinen Zigaretten überlassen; und weil ich bald ausgehen muss und dich, fürchte ich, heute Nachmittag nicht wiedersehen werde, auf Wiedersehen, Marmy, bis Samstag – bis Samstag.‘ Und sie hat uns verlassen.

„Ich war weiß und zitterte vor Wut. Er lächelte kühl und achtete sorgfältig darauf, mir eine seiner besten Zigarren auszuwählen. Als er sie mir reichte, sagte er: ‚Konversation ist eine Wissenschaft, Marmion. Studieren Sie sie; darin liegt eine tiefe Befriedigung „ist die einzige Kunst, die sofort Freude bereitet."

„Nun, Mrs. Valiant ist an diesem Samstag tatsächlich mit dem Carbine geritten. Was für eine Szene! die Jäger, Ohren nach hinten und Viertel nach unten! Tag auf Carbine, ihrem eigenen Pferd, hatte sie es vor ein paar Tagen von Major Karney gekauft – und ich hörte ihre letzten Worte, als sie neben ihm lag und durch das schreckliche Weiß ihrer Lippen lächelte. „Lebe wohl, Marmy", flüsterte sie „Carbine und ich gehen zusammen." Sagen Sie den Männern bei Luke, dass ich die Prüfungen bestehen werde. Marmy. – Ich frage mich – ob ich – bestehen werde.‘ Und dann erstarrten die Worte auf ihren Lippen.

„Es war Verfolgung, die es bewirkt hat – teuflische Verfolgung und Selbstsucht. Das war der schlimmste Tag, den das College je erlebt hat. Bei der Beerdigung, als der Rektor las: ‚Dafür hat es Dir Freude bereitet, diese unsere Schwester aus dem Elend dieser Zeit zu befreien.‘ „Sündige Welt", führte Big Wallington, der wildeste Kerl unter den Absolventen, mit einem Schluck im Hals davon, und wir folgten ihm alle. Und dieser Schleicher mit der goldenen Brille stand da und hatte ein weißes Taschentuch vor den Augen.

„Ich habe versucht, das College zu heiß für ihn zu machen. In einer Woche hatte ich jeden Mann im Ort bei mir, und die Dinge kamen so weit, dass wir alle entlassen werden mussten oder Valiant zurücktreten musste. Er trat zurück." Er fand eine andere Professur, aber das Ding folgte ihm und er musste das Land verlassen.

Als ich mit der Geschichte fertig war, schwieg Frau Falchion eine Zeit lang, dann sagte sie mit einem Anflug von Überraschung und durchaus kritisch: „Ich denke, Sie würden sich sehr gut verhalten, wenn Sie weniger Emotionen einsetzen würden." Mrs. Valiant hatte eine Art Mut, aber es war dumm, zu sterben. Sie hätte auf jede erdenkliche Weise gegen ihn kämpfen sollen. Sie hätte es trotzdem schaffen können , wenn sie sterben müsste, wäre es besser, mit einem guten Pferd so schnell zu gehen, aber ohne den Schrecken von Blut und blauen Flecken Ich würde gerne Professor Valiant treffen, aber er hat es auch geschafft, mich zu amüsieren.

Ich dachte, dieser Ausruf sei auf die summende Stimme des Quartiermeisters zurückzuführen:

„Ich segele, ich segele auf dem Meer,
zu einem Hafen, wo der Wind still ist" –

Fast sofort sagte sie: „Ich glaube, ich werde nach unten gehen." Dann, nach einer kurzen Pause: „Dies ist eine großzügige Bekanntschaft für einen Tag, Dr. Marmion; und Sie wissen, wir wurden nicht vorgestellt."

„Nein, Frau Falchion, wir wurden nicht vorgestellt; aber in mancher Hinsicht bin ich Ihr Gastgeber, und ich fürchte, wir würden alle sehr schweigen, wenn wir hier auf die regelmäßige Vorstellung warten würden. Die Bekanntschaft macht mir Freude, aber das ist bei weitem nicht der Fall." liberal, wie ich hoffe, dass es wird."

Sie antwortete nicht, sondern lächelte mich über ihre Schulter hinweg an, als sie die Treppe hinunterging, und im nächsten Augenblick hätte ich mir auf die Zunge beißen können, weil ich den Kavalier gespielt hatte, wie ich es getan hatte; dafür, dass sie, wie ich glaube, gezeigt hat, dass sie einen Einfluss auf mich hatte – einen Einfluss, der ihr eigen war und den man sich nur schwer erklären konnte, wenn man nicht in ihrer Gegenwart war.

Ich setzte mich, zündete eine Zigarre an und ging in Gedanken alles durch, was zwischen uns gesagt worden war; alles, was nach dem Abendessen in meiner Kabine passiert war; Jede Minute seit unserer Abreise aus Colombo wurde bis ins kleinste Detail offengelegt. Lascars schlüpfte im Halbdunkel an mir vorbei, die Stimmen zweier Liebender wechselten sich mit ihrem ausdrucksstarken Schweigen ab, und aus dem Musiksalon erklangen die hübschen Klänge eines Menuetts, sehr geschickt gespielt. Unter dem Einfluss dieser Musik wurden meine Gedanken weniger genau; sie ließen sich treiben. Mein Blick wanderte zu den Lichtern der „Porcupine" in der Ferne und von ihnen wieder zu den Gestalten, die auf dem Deck an mir vorbeikamen und wieder an mir vorbeigingen. Das „Alles gut" des Ausgucks schien aus unendlicher Entfernung zu kommen; das Rauschen des Wassers gegen den teilenden Rumpf der „Fulvia" klang wie ein Ruf zur Stille aus einer anderen Welt; Die Phosphoreszenz, die durch das aufgewühlte Wasser schwamm, verstärkte das Gefühl von Unwirklichkeit und Träumen. Diese Träume wuchsen, bis sie durch eine Hand auf meiner Schulter zerbrochen wurden, und ich sah, dass einer der Passagiere, Clovelly, ein englischer Schriftsteller, die Promenade verlassen hatte, um mit mir zu reden. Er erkannte jedoch meine Stimmung und sagte leise: „Geben Sie mir doch ein Licht für meine Zigarre, ja? Dann werde ich Ihnen auf diesem Hocker dabei helfen, eine Bestandsaufnahme der übrigen Sachen zu machen. Eine hübsche Studie; für … unser Bestes: ‚Was für Narren wir Sterblichen sind!'"

„„Motley ist dein einziges Kleidungsstück"', war meine Antwort; und eine ganze halbe Stunde lang, was selbst für einen Mann beträchtlich ist, sprachen wir kein Wort, sondern nickten nur, als einer der Spaziergänger uns bemerkte. Es gab einen Buchmacher, der frisch von den Rennen in Melbourne kam; ein Amerikaner, Colonel Ryder, dessen Beredsamkeit ihn um die Welt getragen hatte; ein standhafter Hausbesetzer aus Queensland; eine hübsche Witwe, die ihren Mann unter der Herrschaft Tasmaniens zurückgelassen hatte; ein paar Mädchen, die sich ihren Liebhabern anschließen und in England heiraten wollen; ein paar Offiziere, die mit ihrer Leber und ihrem Leben aus Indien fliehen; eine Familie mit vier schlaksigen Mädchen, die „nach Hause" zur Schule fährt; eine Reihe umgänglicher Damen, die zwischen Neid und Fröhlichkeit und Freude an und Kritik an ihren Ehemännern schwankten; ein paar Missionare, die sich darauf vorbereiten, uns Vorträge über die berüchtigten Götter der Heiden zu halten – Götter, die, arme, harmlose kleine Geschöpfe! könnte für ein paar Annas pro Pint in Aden oder Colombo gekauft werden, und zur Zeit des Exodus und der Pharaonen waren Vergnügungen dem Roten Meer vorbehalten; ein Handelsreisender, der Theateraufführungen arrangierte und sich selbst für alle Hauptrollen besetzte; ein humorvoller und naiver Mensch, der eifrig auf den Reichtum seiner Ländereien in Irland hinwies; zwei stattliche englische Adelsdamen; eine fröhliche Schar kolonialer Ritter und Richter, die für einen Urlaub nach Europa reisen; und viele andere, die sich kleine Welten geschaffen haben, die von stumpfen Leuten Cliquen genannt werden.

„Meiner Meinung nach sind die interessantesten Personen auf dem Schiff", sagte Clovelly schließlich, „die Buchmacherin, Miss Treherne, und die Dame, mit der Sie gerade gesprochen haben – ein außergewöhnlicher Typ."

„Eine ungewöhnliche Frau, glaube ich", war meine Antwort. „Aber wer ist Miss   Treherne?
Ich fürchte, ich bin mir nicht ganz sicher."

Er beschrieb sie und ihren Vater, mit dem ich gesprochen hatte – ein Londoner QC, der aus Gesundheitsgründen reiste, ein bemerkenswerter Mann mit einer Vorliebe für die Wissenschaft, der seine müßigen Stunden damit verbrachte, Astronomie und die Dramen von Euripides zu lesen.

„Warum nicht den Vater in die Liste der interessantesten Personen aufnehmen?“
Ich habe nachgefragt.

„Weil ich viele Männer wie ihn getroffen habe, aber niemand wie seine Tochter oder Frau – wie heißt sie?“

„Frau Falchion.“

„Oder Frau Falchion oder der Buchmacher.“

„Was ist an Miss Treherne so ungewöhnlich? Sie kam mir nicht besonders bemerkenswert vor.“

„Nein? Nun, natürlich ist sie nicht auffallend wie Mrs. Falchion. Aber beobachten Sie sie, studieren Sie sie, und Sie werden feststellen, dass sie die Perfektion eines Typs ist – der schönste Ausdruck einer anständigen Konvention, eine Perfektion.“ Produkt des Sozialkonservatismus; ungekünstelt, fröhlich, einfühlsam, gelassen, sehr talentiert, insgesamt gesellig.“

„Entschuldigung“, sagte ich lachend, obwohl ich beeindruckt war; „Das hört sich an, als hätten Sie über sie geschrieben und das Analysesystem des Romanschriftstellers auf sie angewendet, das ein unvollkommenes Individuum zu einem perfekten Typ macht. Nun, ehrlich gesagt, sprechen Sie von Miss Treherne oder von jemandem, zu dem sie gehört.“ sozusagen der Umriss?“

Clovelly drehte sich um und sah mich fest an. „Wenn Sie einen Patienten betrachten“, sagte er, „stellen Sie dann eine Diagnose eines Typs oder einer Person? – Und ‚Typ‘ ist übrigens ein anstößiges Wort.“

„Ich betrachte den Typ im Zusammenhang mit der Person.“

„Genau. Die Person ist das Entscheidende. Das klärt die Angelegenheit von Geschäft und Kunst. Aber jetzt zu Miss Treherne: Ich möchte sagen, dass ich, nachdem ich in ihre Bekanntschaft und die ihres Vaters aufgenommen wurde, an sie gedacht habe.“ nur als Freunde und nicht als ‚Charaktere‘ oder ‚Kopie‘.“

„Ich bitte um Verzeihung, Clovelly“, sagte ich. „Ich hätte es wissen können.“

„Um zu beweisen, wie großmütig ich bin, werde ich Sie jetzt Miss Treherne vorstellen, wenn Sie erlauben. Sie haben ihren Vater kennengelernt, nehme ich an?" fügte er hinzu und warf seine Zigarre über Bord.

„Ja, ich habe mit ihm gesprochen. Er ist ein höflicher und fähiger Mann, denke ich."

Wir sind aufgestanden. Dann fuhr er fort: „Sehen Sie, Miss Treherne sitzt dort mit der tasmanischen Witwe – wie heißt IHR?"

„Mrs. Callendar", antwortete ich. „Blackburn, der Queenslander, schließt sich ihnen an."

„Umso besser", sagte er. "Aufleuchten."

Als wir am Musiksalon vorbeikamen, hielten wir einen Moment inne und blickten durch das Bullauge auf ein blassgesichtiges Mädchen mit großen Augen und einem wunderschönen leuchtend roten Kleid, das „The Angels' Serenade" sang, während sich ein aufgeregter Bärenführer umdrehte ihre Musik für sie. Neben ihr stand ein schlaksiges Mädchen, das Schauspieler und Tenöre verehrte und in der Hoffnung lebte, einige dieser Herren im Rampenlicht zu treffen, die sich so ruhig durch die Herzen von Schulmädchen bahnen.

Wir zogen uns zurück, um weiter auf Miss Treherne zuzugehen, als Hungerford mich am Arm berührte und sagte: „Ich möchte Sie noch eine Weile sehen, Marmion, wenn Mr. Clovelly Sie entschuldigen würde."

An Hungerfords Gesicht sah ich, dass er etwas Wichtiges zu sagen hatte, und ich hakte mich bei ihm ein und ging mit ihm zu seiner Kabine, die in der Nähe der Kabine der Mittelpassagiere lag.

KAPITEL III

Eine Geschichte vom Niemandsmeer

In der Kabine schloss Hungerford die Tür, packte mich am Arm und reichte mir dann einen Stumpen mit der Bemerkung: „Mein Vater hat sie mir auf der letzten Heimreise geschenkt. Habe sie im Tee aufbewahrt." Und dann fügte er hinzu, ohne den Anschein von Konsekutivhaftigkeit: „Hängen Sie das verdammte Schiff trotzdem auf!"

Ich werde nicht versuchen, die Grobheit von Hungerfords Sprache abzuschwächen. Es befriedigt mich zu glauben, dass die Solidität seines Charakters und seines Wertes sogar durch die Kruste der einfachen Redewendungen hindurch zum Vorschein kommen wird, wie man sie sicherlich auch in seinen Taten sehen wird; – er war im Herzen gesund und treu wie Stahl.

„Was ist los, Hungerford?" Ich habe gefragt, ob ich den Stumpen anzünde.

„Alles ist in Ordnung. Kapitän, mit der Nase in der Luft und voll und ganz auf seine Offiziere vertrauend. Erster Offizier, nutzlos – nützt nichts, seit sie die Kohle über ihn geschüttet haben. Purser, sollte auf einer chinesischen Dschunke sein. Zweiter , dritter, vierter Offizier, erstklassige Kerle, aber mittelmäßige Matrosen, frivol mit einem hübschen Stutfohlen, Abstammung unbekannt. Warum, zum Teufel, nimmt das niemand außer dem Kapitän, und er sitzt auf einem goldenen Thron Er weiß nicht, dass dieses Prahlboot bei wirklicher Gefahr voller Dummheiten wäre. Es gibt nicht mehr als eine gute Bootsbesatzung – Matrosen, Lascars, Stewards und alle anderen Würde die lieben Damen sich selbst überlassen, würde er Fälle finden, die es wert sind, behandelt zu werden, und Aufgaben, die es wert sind, erledigt zu werden. Er sollte sich für Schocks fit halten. Und er kann sich auf mein Wort verlassen – denn ich bin seit meiner Kindheit auf See , Pech! – dass ein Mann, der auf einem Schiff etwas zu tun hat, jeden Tag reisen sollte, um am nächsten Tag Schiffbruch zu erleiden, und so weiter, von Hafen zu Hafen. Schiffsärzte waren ebenso wie alle anderen Offiziere nicht dazu bestimmt, auf See Batiströcke und Spitzentaschentücher zu tragen. Ob Sie es glauben oder nicht, aber für einen Mann, der Arbeit zu erledigen hat, ist eine Frau, eine schöne Frau, ein Fels in der Brandung. Nun, ich nehme an, du wirst mich für unverschämt halten, denn ich bin jünger als du, Marmion, aber du weißt, was für ein wilder Kerl ich bin, und es wird dir nichts ausmachen.

„Nun, Hungerford", sagte ich, „wozu führt das?"

„Zur Nummer 116 Intermediate zum einen. Zum anderen geht es darum, Dampf abzulassen. Ich sage dir, Marmion, diese großen Schiffe sind zu groß. Da sind diese Segeltuchboote. Die funktionieren nicht, man bekommt sie nicht zusammen." Eines davon könnte man nicht in einer Stunde starten, die Lascars würden bei jeder echten Gefahr schmelzen. Es gibt ungefähr eine anständige Bootsbesatzung auf dem Schiff, das ist alles ; Ich fühle mich besser."

Plötzlich fügte er kopfschüttelnd hinzu: „Sehen Sie hier: Heutzutage vertrauen wir zu sehr auf Maschinen und Zufall und nicht genug auf die Geschicklichkeit unserer Hände und unseres Gehirns. Ich möchte Ihnen einige davon zeigen." Besatzungen, die ich im Pazifik und im Chinesischen Meer hatte – aber jetzt komme ich zum wahren Grund, warum ich dich hierher gebracht habe. Ich habe ihn ohnmächtig auf dem Flur gefunden. Er sagte, er sei bei Ihnen gewesen, um Medikamente zu holen, und das Seltsame an der Sache ist, dass er ihn kennt Allerdings erinnerte er sich nicht an mich – vielleicht, weil er mich nicht genau gesehen hatte. Ich kann auf ein Dutzend von ihnen in meinem kurzen Leben verweisen, von denen jedes genauso bemerkenswert, wenn nicht sogar so verblüffend ist . Hier spinne ich dir ein Garn:

„Es geschah vor vier Jahren. Damals hatte ich keinen Schnurrbart, war dick wie ein Wal und Erster Offizier auf der ‚Dancing Kate‘, einem Perlenschiff im Indischen Ozean, zwischen Java und Australien. Das war Segeln, wohlgemerkt – echte Seemannschaft." , kein Blödsinn; ein Kampf bei jedem Wetter, rundum interessant, wenn nicht, war es ein Taifun; ich habe uns mit Perlen gesehen an Bord im Wert von tausend Pfund, und kein Tropfen Wasser und keine drei großen Mahlzeiten in der Kombüse. Aber das war das Leben für Männer und nicht für Miss Nancy. Wenn sie keine Heiligen waren, dann waren sie Seeleute, die vor nichts anderem Angst hatten als vor Gott, dem Allmächtigen. Und sie respektieren Ihn, auch wenn sie die Winde und das Meer verfluchen. Eines Tages lagen wir auf offener See, etwa zweihundertfünfzig Meilen von Port Darwin entfernt Wie aus Glas zog die Sonne Terpentin aus jedem Zentimeter der „Dancing Kate". Es war zu heiß zum Rauchen, und ich ließ einen Sede-Jungen für mich rauchen. Ich habe den Geruch ohne großen Aufwand genießen können. Ich lag unter der Klappe eines Dingeys und ließ den Sede-Jungen unter Raucheinlagen alle seine Götter um Wind bitten, als er seine Gottheiten und seinen Tabak wegwarf und mit dem Finger darauf zeigte und rief: „Mensch!" Mann!'

„Ich schnappte mir ein Fernglas. Tatsächlich war da ein Boot auf dem Wasser. Es bewegte sich ganz langsam. Es schien anzuhalten, und wir sahen, wie sich etwas hob und winkte, und dann war alles wieder still Die Besatzung war zusammen, und eine Stunde lang flogen wir in dieser tödlichen Gasse weiter, bis wir dem Wrack nahekamen – wie einer der Besatzungsmitglieder sagte, „das Gefühl, als ob das unsterbliche Leben aus uns herausgerissen wurde." Das Dingy lag da auf der glasigen Oberfläche, aber ich hatte, wie gesagt, nicht einmal gesehen, dass es gespenstisch war, das kann ich Ihnen sagen Ich habe das Wasser geleckt; sie haben es nicht angegriffen, Marmion, ich werde dich zum Lachen bringen, aber gerade da dachte ich Von einigen Versen, die ich gelernt habe, als ich in einer kleinen Bucht in Wellington war, kam es mir in diesem Moment wie ein Wort ins Ohr. Wissen Sie, alle Seeleute sind abergläubisch. Ich bin abergläubisch, was dieses Schiff angeht. Ich erzähle Ihnen die Verse, um Ihnen zu zeigen, was für eine seltsame Erinnerung das ist.

„,Die Tage sind tot im Niemandsmeer,
und Gott hat es in Ruhe gelassen; die Engel bedecken ihre Köpfe und fliehen, und die wilden vier Winde sind geflogen.

„,Es gibt nie eine Welle auf der Flut,
es gibt nie ein Wort oder einen Ton; aber über die Wüste gleiten die weißen Geister, um nach den Seelen der Ertrunkenen zu suchen.

„,Das Niemandsmeer ist ein Gefängnis der Seelen,
und sein Tor ist eine brennende Sonne, und tief darunter läutet eine große Glocke für einen Tod, der niemals geschieht.“

„,'Ach, für jeden, der in die Nähe kommt,
der auf seiner bewegungslosen Brust liegt; das murrende Wasser wird seine Bahre sein und niemals ein Ort der Ruhe.'

„Es gibt vier Verse. Nun, ich machte eine Bewegung, um mit dem Rudern aufzuhören, und blieb eine Minute lang still. Die Männer wurden nervös. Sie blickten auf das Boot vor uns und drehten sich dann um, als wollten sie etwas sehen Wenn die „Dancing Kate“ noch in Sicht war, stand ich im Boot auf, konnte aber nichts sehen, und bald waren wir da Auf dem Boden des Dingys lag ein Mann, der offenbar tot war und die Kleidung eines Sträflings trug. Die anderen sagten nichts, was ich mit Männern zu tun habe, und mit Sträflingen äußerst selten Im Gesicht dieses Mannes lag ein Ausdruck, den die Gefängniskleidung nicht demoralisieren konnte – ein verdammt erbärmlicher Ausdruck, der zu sagen schien: „Nicht schuldig.“

„Binnen einer Minute war ich neben ihm und stellte fest, dass er nicht tot war. Brandy brachte ihn ein wenig zu sich, aber er war ein wenig verrückt und murmelte den ganzen Weg zurück zum Schiff. Ich hatte sein Hemd aufgeknöpft, und ich sah auf seiner Brust ein kleines Elfenbeinporträt einer Frau. Ich ließ es die Mannschaft nicht sehen, denn selbst in seinem Delirium schien er zu wissen, dass ich das Ding entblößt hatte, und zog das Leinen fest an sich , und hielt es lange Zeit an seiner Kehle.

„Wie war das Gesicht der Frau, Hungerford?“ Ich fragte.

Er parierte und bemerkte nur, dass sie das Gesicht einer Dame habe und gutaussehend sei.

Ich habe ihn bedrängt. „Aber ähnelte es irgendjemandem, den Sie je gesehen hatten?"

Mit leicht gesenkten Augenlidern sagte er: „Stellen Sie keine dummen Fragen, Marmion. Nun ja, der Schiffbrüchige hatte eine schwere Anziehungskraft fürs Leben. Er hätte überhaupt nicht überlebt, wenn nicht eine Brise aufgekommen wäre Lasst uns zur Küste fliehen, und wir kegelten in Richtung Port Darwin, eine Menge malaiischer Proas hinter uns. Doch der arme Bettler dachte, er würde sterben, und eines Nachts erzählte mir seine Geschichte. Er war mit anderen aus Freemantle, Westaustralien, an die Nordküste gebracht worden, um Regierungsarbeiten zu erledigen, und war mit dem Dingey geflohen Es gab diesen mildernden Umstand: Er hätte das Geld ersetzen können, das er, wie er sagte, nur für ein paar Wochen verwenden wollte, aber ein persönlicher Feind erregte Verdacht Obwohl er nachweisen konnte, dass er das Geld nur verwendet hatte, während noch mehr von ihm auf dem Weg zu ihm war, bestand das Unternehmen darauf, ihn strafrechtlich zu verfolgen. Aus zwei Gründen: weil es selbst in schlechtem Ruf war und hoffte, durch diesen Prozess die öffentliche Aufmerksamkeit von seiner eigenen schmutzigen Position abzulenken; und weil er nicht nur seinen persönlichen Feind gegen sich hatte, sondern auch diejenigen, die durch ihn die Firma treffen wollten. Er hatte betrogen, um die hohen Kosten für das Geschäft seiner Frau bestreiten zu können. Darauf ging er nicht näher ein, und er machte es ihr auch nicht übel, dass sie eine so große Menage hatte; Er sagte nur, es täte ihm leid, dass er es nicht durchhalten konnte, ohne sich auch nur einen Tag lang der Dummheit des Stehlens hingeben zu müssen. Nach zwei Jahren gelang ihm die Flucht. Er bat mich, einen Brief an seine Frau zu schreiben, den er diktieren würde. Marmion, du oder ich hätten diesen Brief nicht diktieren können, wenn wir dafür ein Jahr gebraucht hätten. Darin lag keine Religion, kein Blödsinn, sondern offene Worte, voller Trauer über das, was er getan hatte, und über die Schande, die er über sie gebracht hatte. Ich erinnere mich an die letzten paar Sätze, als hätte ich sie gestern gesehen. „Ich sterbe auf offener See, beschämt, aber frei", sagte er. „Ich bin zwar nicht unschuldig, aber ich habe kein vorsätzliches Unrecht begangen." Ich habe getan, was ich getan habe, damit du alles hast, was du dir wünschst, alles, was du haben solltest. Ich verlange nur eines – und ich werde bald nichts mehr verlangen –, dass Sie hin und wieder einen freundlichen Gedanken an den Mann hegen, der Sie immer geliebt hat und Sie immer noch liebt. Ich habe dir nie Vorwürfe gemacht, dass du in meiner Not nicht in meine Nähe gekommen bist; aber ich wünschte, du wärst einen Moment hier, bevor ich für immer verschwinde. Du musst mir jetzt vergeben, denn du wirst frei sein. Wenn ich ein besserer Mann wäre, würde ich sagen: Gott segne dich. In meinen letzten bewussten Augenblicken werde ich an dich denken und deinen Namen aussprechen. Und nun auf Wiedersehen – ein ewiges Lebewohl. Ich war dein liebevoller

Ehemann und bin dein Liebhaber bis zum Tod.' Und es war mit „Boyd Madras" unterzeichnet.

„Er ist jedoch nicht gestorben. Der Kapitän und ich haben dafür gesorgt, dass er am Leben blieb und ihn schließlich in Port Darwin landete; wir alle, Offiziere und Mannschaft, schworen, niemanden wissen zu lassen, dass er ein Sträfling war. Und Ich möchte der Besatzung der „Dancing Kate" sagen, dass sie, soweit ich weiß, ihr Wort gehalten hat, das ich ihm vor unserer Landung zurückgegeben habe machte ihm einen Geldbeutel von fünfzig Pfund – denn die Mannschaft mochte ihn – und ließ ihn in Port Darwin zurück, um ein paar Tage später wieder zu einem anderen Perlenfeld weiter östlich zu segeln. Was ihm in Port Darwin und anderswo widerfuhr, ich weiß es nicht; aber eines Tages fand ich ihn auf einem modischen Dampfer im Indischen Ozean und sah fast so nah an Kingdom Come aus wie damals, als er im Dingey auf dem Niemandsmeer verhungerte Ich erkenne mich nicht; und er liegt jetzt in 116 Intermediate, mit einem Blick auf ihn, den ich im Gesicht eines Mannes gesehen habe, der von den Teufeln der Cholera oder des Äquatorfiebers zum Tode verurteilt wurde hat Sie zum Hören gebracht – erzählt, wie Sie sehen, im feinen klassischen Stil."

„Und warum erzählst du MIR das, Hungerford – ein Geheimnis, das du all die Jahre gehütet hast? Es war nicht notwendig, das Verbrechen dieses Mannes zu kennen, bevor du ihm Belladonna gegeben oder ein heißes Bad gegeben hast."

Hungerford hielt die ganze Wahrheit aus seinen eigenen Gründen zurück. Er sagte: „Hauptsächlich, weil ich möchte, dass Sie sich angemessen für den Kerl interessieren. Er sieht aus, als würde er jeden Tag auf die lange Reise aufbrechen. Sie sind Arzt, Pfarrer und alles andere dieser Art." Ich mag den armen Teufel, aber ich bin sowieso nicht in der Lage, mit Ingwertee im Löffel oder Prediger unter dem Arm herumzulaufen – sehr gute Dinge haben damit mehr oder weniger zu tun Sowohl der Geist als auch der Körper, und Sie können mir glauben, dass Boyd Madras' Geist genauso krank ist wie sein Oberkörper. Er nennt sich übrigens „Charles Boyd", also müssen wir ihn wohl nicht an seinen früheren erinnern Erlebnisse durch Hinzufügen der ‚Madras'."

Hungerford drückte erneut heftig meinen Arm und fügte hinzu: „Schau mal, Marmion, wir verstehen uns doch darin, nicht wahr? Um für den Kerl zu tun, was wir können, und Mutter zu sein."

Manches davon sieht rau und direkt aus, aber als es gesprochen wurde, war etwas darin, das es für mein Ohr milder machte. Ich wusste, dass er alles gesagt hatte, was ich seiner Meinung nach wissen sollte, und dass er wollte, dass ich ihn nicht mehr befragte und auch nicht auf Mrs. Falchion Bezug nahm, deren Beziehung zu Boyd Madras – oder Charles Boyd – wir beide vermuteten.

„Es war lustig, dass mir diese Verse in den Sinn kamen, nicht wahr, Marmion?" er machte weiter. Und er begann eine davon zu wiederholen, wobei er mit seinem Stumpen den wellenförmigen Takt einhielt, ihn mit einer schnellen, kreisenden Bewegung abschloss und ihn wieder zwischen seine Lippen steckte:

„„Es gibt nie eine Welle auf der Flut,
es gibt nie einen Atemzug oder ein Geräusch; aber über die Wüste gleiten
die weißen Geister, um nach den Seelen der Ertrunkenen zu suchen.""

Dann sprang er von der Koje, auf der er gesessen hatte, zog seine Jacke an, sagte, es sei Zeit, auf der Brücke an die Reihe zu kommen, und bereitete sich darauf vor, hinauszugehen, nachdem er offenbar die Nummer 116 der Mittelstufe aus seinem Kopf verbannt hatte.

Ich ging zu Charles Boyds Hütte und klopfte sanft. Es gab keine Antwort. Ich betrat. Er schlief tief und fest – der Schlaf, der nach nervöser Erschöpfung kommt. Ich hatte eine gute Gelegenheit, ihn zu studieren, während er dort lag. Das Gesicht war empfindlich und wohlgeformt, aber nicht stark; Die Hände waren zart und doch fest gefertigt. Eine Hand lag auf dem Teil seiner Brust, wo das Porträt hing.

KAPITEL IV

Die Spur des Ismaeliten

Ich ging wieder an Deck und fand Clovelly im Raucherzimmer. Der Buchmacher war damit beschäftigt, Geschichten über den Rasen zu erzählen, abwechselnd mit komischen Liedern von Blackburn – eine Beschäftigung, die die ganze Reise über andauerte und mit elektrisierenden Appellen an den Steward verbunden war, die fließende Schüssel zu füllen. Clovelly begleitete mich und wir gesellten uns zu Miss Treherne und ihrem Vater. Herr Treherne stellte mir seine Tochter vor, und Clovelly verwickelte den Vater freundlich in eine Diskussion über den Kommunismus auf den Südseeinseln.

Ich glaube nicht, dass mein Gespräch mit Miss Treherne brillant war. Seitdem hat sie mir erzählt, dass ich unsicher und beschäftigt wirkte. Da dies kein Kompliment für sie war, wurde ich entsprechend behandelt. Was ihre Zurückhaltung und Gelassenheit betraf, hätte ich Clovellys Einschätzung von ihr bestätigen können. Es schien unmöglich, natürlich zu sprechen. Die Ereignisse des Tages unterbrachen meinen normalen Gedankengang und ich fühlte mich kläglich benachteiligt. Ich sah jedoch, dass das Mädchen begabt und klar im Kopf war und über einen großen körperlichen Charme verfügte, aber von jener feinen Art, die man in einer angemessenen Umgebung sehen muss, um richtig geschätzt zu werden. Hier an Bord des Schiffes verhinderten eine sanfte Ernsthaftigkeit und ein stolzer Anstand – nicht ganz unnötig –, dass sie sofort von der besten Seite gesehen wurde. Selbst in diesem Moment respektierte ich sie dafür umso mehr und war weder überrascht noch gerade unzufrieden, dass sie ihren Vater und Clovelly geschickt in das Gespräch einbezog. Bei Clovelly schien sie sofort Anlass zu naiven und angenehmen Gesprächen zu finden; seinerseits ehrerbietig, originell und aufmerksam; auf ihrem, locker, anspielungsreich und mit pikantem Humor gewärmt. Ich habe sie bewundert; sah, wie geschickt Clovelly das Beste aus ihr herausholte; vermutete die Besorgnis, die fleißige Fürsorge und die Zuneigung, mit der sie erzogen wurde; beobachtete die liebevolle Freude des Vaters, während er zuhörte; und war wütend auf mich selbst, dass Frau Falchions Stimme im selben Moment in meinen Ohren klang wie ihre. Aber da hat es geklingelt, und der wahre Wert dieses intelligenten Ideenturniers ging mir teilweise verloren.

Am nächsten Morgen ging ich zur Hütte von Boyd Madras. Er begrüßte mich dankbar und sagte, dass es ihm viel besser gehe; wie er schien; aber er hatte eine hektische Röte, wie sie bei einem Schwindsüchtigen auftritt. Ich sagte ihm wenig über das hinaus, was für die Erörterung seines Falles notwendig war. Ich warnte ihn vor jeder ungewöhnlichen Anstrengung und wollte gerade gehen, als mich ein Impuls überkam und ich zurückkam und sagte: „Du willst nicht, dass ich dir auf andere Weise helfe?"

„Ja", antwortete er; „Ich werde mich sehr über Ihre Hilfe freuen, aber noch nicht.
Und, Herr Doktor, glauben Sie mir, ich glaube, Medikamente können sehr wenig   bewirken.   Ich bin Ihnen zwar dankbar, dass Sie mich besucht haben, aber Sie brauchen sich nicht   die   Mühe   zu   machen,   es   sei   denn, ich bin es." Schlimmer noch, und dann werde ich einen Verwalter zu dir schicken oder selbst zu dir gehen.

Was hinter dieser Bitte steckte, konnte ich nicht sagen, es sei denn, es war Sensibilität; aber ich beschloss, meinen eigenen Weg zu gehen und ihn zu besuchen, wann immer ich es für richtig hielt.

Dennoch sah ich ihn in den folgenden Tagen nur ein- oder zweimal auf dem Achterdeck. Offensichtlich wollte er so weit wie möglich außer Sichtweite bleiben. Ich schäme mich, sagen zu müssen, dass dies für mich eine gewisse Befriedigung darstellte; Denn wenn die Frau eines Mannes – und ich glaubte, dass es sich um die Frau von Boyd Madras handelte – an deinem Arm hängt und ihm selbst dieses Privileg verweigert wird und er neben ihrer Pracht schlecht abschneidet und als Fremder für sie lebt, kannst du seine Anwesenheit kaum bemerken mit Vergnügen. Und aufgrund der schieren Gewalt der Umstände, so kam es mir damals vor, lag Frau Falchions Hand oft auf meinem Arm; und ihre Stimme war immer in meinem Ohr zu den Essenszeiten und wenn ich Justine Caron besuchte, um ihre Wunde zu versorgen, oder wenn ich mich an den plappernden Unterhaltungen im Musiksalon beteiligte. Es war unmöglich, ihren Einfluss nicht zu spüren; und wenn ich ihm nicht ganz nachgab, war ich mehr davon besessen, als mir bewusst war. Ich wollte unbedingt wissen, dass sie die Frau dieses Mannes war. Ich glaube, ich dachte damals, dass ich ihm vielleicht einen Dienst erweisen könnte, wenn ich viel mit ihr zusammen wäre. Aber es kam eine Zeit, in der ich nicht mehr getäuscht wurde. Es war alles ein Spiel des Elends, bei dem irgendjemand auf der ganzen Linie zu verlieren drohte. Wer war es: sie oder ich oder der Flüchtling des Unglücks, Nummer 116 Mittelstufe? Sie schien sicher genug zu sein. Er oder ich würden unter dem Crash der Strafen leiden.

Es war eine seltsame Situation. Ich, der Bekannte eines Tages, war im Kreis der Gunst dieser Frau willkommen – obwohl es von ihrer Seite her eine unemotionale Gunst war; er, der Ehemann, war, wie ich glaubte, obwohl er nur die halbe Schiffslänge entfernt war, so weit von ihr entfernt wie der Nordstern. Als ich nachts mit ihr an Deck saß, spürte ich, wie Boyd Madras' Gesicht mich aus dem Halbdunkel des Achterdecks ansah; und Frau

Falchion, deren scharfen Augen kaum etwas entgingen, bemerkte einmal meinen Blick in diese Richtung. Danach war ich vorsichtiger, aber der Gedanke verfolgte mich. Dennoch war ich nicht die einzige Person, die bei ihr saß. Andere Männer machten ihr aufmerksam den Hof. Der Unterschied bestand jedoch darin, dass sie bei mir eine ganz zarte, aber dennoch spürbare Haltung von Besitzertum annahm, die nichtsdestotrotz verlockend war, weil darin kein Herz steckte. Was die anderen Passagiere betraf, so gab es in unserer Gesellschaft nichts, was den Anstand beeinträchtigte. Sie wussten nichts von Nummer 116 Mittelstufe. Sie war als Witwe bekannt gegeben worden; und sie hatte Mrs. Callendar erzählt, dass der Bruder ihres Vaters, der Jahre zuvor nach Kalifornien gegangen war, innerhalb der letzten zwei Jahre gestorben war und ihr sein Eigentum hinterlassen hatte; und weil alle Kalifornier Millionäre sein sollten, galt ihr Reichtum als sagenhaft. Sie wollte nun nach England und von dort im folgenden Jahr nach Kalifornien gehen. Die Leute sagten, dass Dr. Marmion wusste, auf welcher Seite sein Brot gebuttert war. Sie haben vielleicht noch unangenehmere Dinge gesagt, aber ich habe sie oder von ihnen nicht gehört.

Die ganze Zeit war ich mir einer Art Schande bewusst, und vielleicht war es das, was mich (ich hatte meine Absicht, ihn freiwillig zu besuchen, aufgegeben hatte) dazu veranlasste, lieber meinen Verwalter zu schicken, um zu sehen, wie Boyd Madras antrat, anstatt selbst zu gehen. Mir war jedoch bewusst, dass diese Position nicht lange aufrechterhalten werden konnte und sollte. Die praktische Umsetzung dieses Wissens ließ nicht lange auf sich warten. Ein neuer Einfluss trat in mein Leben, der es dauerhaft beeinflussen sollte, aber nicht ohne Kampf.

Für die Reise war eine Reihe von Konzerten und Vorträgen arrangiert worden, und der Kostümball sollte den ersten Teil der Reise, nämlich in Aden, abschließen. Eines Abends fand im Musiksalon ein Konzert statt. Ich hatte gerade ein paar Passagiere gesehen, die unter der Hitze gelitten hatten, und überlegte, ob ich Mrs. Falchion, die sich, wie ich wusste, auf der anderen Seite des Decks befand, aufsuchen und zum Konzert gehen oder mitmachen sollte Colonel Ryder und Clovelly, die mich gebeten hatten, ins Raucherzimmer zu kommen, wenn ich konnte. Ich fürchte, ich balancierte stark zugunsten von Frau Falchion, als ich eine für mich neue Stimme hörte, die ein Lied sang, das ich vor Jahren gekannt hatte, als das Leben heiß war und die Liebe zum ersten Mal kam – glückliche Tage auf Landstraßen, in lila Dickichten des angenehmen Hertfordshire, wo unsere Schritte auf ein kleines Bombardement platzender Samenkapseln des Stechginsters trafen, entlang der grünen Gemeinde, die zum Dorf hin abfiel. Ich dachte an all das und an IHRE ewige Stille.

Mit einer anderen Stimme hätten mich die Worte des Liedes außer Hörweite gebracht; Jetzt stand ich wie angewurzelt da, während die Noten an mir vorbei in die Nervenlosigkeit des Indischen Ozeans schwammen, jedes einzelne davon ein Gebot hinter dem Vorhang eines Heiligtums.

Die Stimme war eine warme, volle Altstimme von exquisiter Kultur. Es deutete auf Tiefen voller Klänge hin, aus denen die Sängerin, wenn sie wollte, schöpfen konnte, bis der Raum, das Deck und das Meer vor Süße schmerzten. Ich wagte es kaum, hineinzuschauen, um zu sehen, wer es war, aus Angst, ich würde es für einen Traum halten. Ich stand da und wandte den Kopf dem düsteren Ozean zu. Als ich schließlich mit den Schlussnoten des Liedes zum Bullauge ging und hineinschaute, sah ich, dass die Sängerin Miss Treherne war. In ihren Augen lag ein abwesender Ausdruck, als sie sie hob, und sie schien sich des Applauses nach den letzten Akkorden der Begleitung nicht bewusst zu sein. Sie stand auf, faltete dabei die Noten zusammen und richtete unbewusst den Blick auf das Bullauge, in dem ich mich befand. Ihr Blick fing meinen auf und augenblicklich veränderte sich ihr Gesicht. Die Wirkung des Liedes auf sie war gebrochen; Sie errötete leicht und, wie ich dachte, mit leichtem Ärger. Ich kenne nichts, was für einen Sänger so wenig schmeichelhaft ist wie das Publikum, das gönnerhaft außerhalb eines Zimmers oder Fensters zuhört – und nicht an ein Pflichtgefühl als Publikum gebunden ist –, zwischen dem und den Künstlern eine unnatürliche Barriere errichtet wird. Aber ich habe Grund zu der Annahme, dass Belle Treherne nicht nur verärgert war – dass sie etwas Ungewöhnliches, vielleicht Bedrückendes in meinem Blick gesehen hatte. Sie wandte sich an ihren Vater. Er rückte seine Brille zurecht, als wolle er sie aus Stolz besser sehen. Dann nahm er liebevoll ihren Arm und sie verließen das Zimmer.

Dann sah ich Frau Falchions Gesicht am Bullauge gegenüber. Ihr Blick war auf mich gerichtet. Einen Moment zuvor hatte ich vorgehabt, Miss Treherne und ihrem Vater zu folgen; Jetzt ergriff ein Geist des Trotzes, eine unerklärliche Revolution Besitz von mir, so dass ich ein warmes Erkennen an sie zurückstrahlte. Ich hätte es nicht für möglich gehalten, wenn man mir erzählt hätte, dass ich, in einem Moment von schönen und heiligen Erinnerungen geprägt, im nächsten der leidenschaftlichen Tyrannei einer Frau nachgeben würde, die nie etwas anderes als ein Stolperstein sein konnte und ein böser Einfluss. Ich musste erst noch lernen, dass sich in Zeiten geistiger und moralischer Kämpfe die gemischten Kampfkräfte in uns in zwei zusammenhängende Mächte auflösen und nach der Vorherrschaft streben; dass in solch einer Zeit kein vergangener Gedanke und keine vergangene Handlung umsonst ist, sondern dass er aus der Dunkelheit hervorkriecht, in der wir dachten, er sei für immer verschwunden, und mit seinesgleichen gegen den gemeinsamen Feind kämpft. Vor meinen Augen bewegten sich drei Frauen: eine, süß und substanzlos, wehmütig und stumm und sehr jung, nicht von der Erde; einer, geschmeidig, ernst, mit anmutigem Körper und warmen, abwesenden Augen, ganz Zartheit, Kraft, Zurückhaltung; das andere und letzte, gewagt, kalt, schön, mit unwiderstehlichem Charme, still und fesselnd. Und das sind die drei Frauen, die mein Leben beeinflusst haben, die damals in mir um die Meisterschaft gekämpft haben; einer aus der unveränderlichen Vergangenheit, die anderen aus der greifbaren und löslichen Gegenwart. Die meisten von uns müssen solche Prüfungen durchmachen, bevor Charakter und Überzeugung ihre endgültige Ausrichtung erhalten; bevor die menschliche Natur ihre wilden Probleme hat und sich dann in „kaltem Fels und ruhiger Welt" niederlässt; die durch kleinere Nachbeben zwar verändert, aber nicht radikal verändert werden kann.

Ich versuchte nachzudenken. Ich hatte das Gefühl, dass ich mich von den Blicken abwenden sollte, die mich anzogen, um ein ganzer Mann zu sein. Ich erinnerte mich an die Worte von Clovelly, der an diesem Nachmittag halb lachend zu mir gesagt hatte: „Dr. Marmion, ich frage mich, wie viele von uns sich dauerhaft in die Zeit versetzt fühlen möchten, als wir keinen Champagner von ‚Alter Feiner Madeira' kannten." trockenes Sprunggelenk aus süßer Sauterne; wenn ein hübsches Gesicht uns dazu brachte, allen sündigen Gelüsten des Fleisches zu entsagen und Erben des Himmelreichs zu werden? Aber wie könnten wir es noch einmal spüren? waren von vielen Dingen berauscht; wenn wir von Erfolg und Erfahrung berauscht waren und die Welt rückständig und uns selbst gnadenlos kennengelernt haben?

Kam ich, wie der Trunkenbold, mit Sicherheit an die Zeit, an der ich nicht mehr Ja zu meiner Weisheit oder Nein zu meiner Schwäche sagen konnte? Ich wusste, dass ich eine Stunde zuvor, als ich ein Fläschchen mit Medikamenten füllte, feststellte, dass ich es mechanisch tat, und dass ich noch einmal von vorne beginnen musste und mich anstrengen musste, mich auf meine Aufgabe zu konzentrieren. Ich denke, es ist ein Axiom, dass kein Mensch die Aufgabe des Lebens richtig erfüllen kann, der sich emotionalen Beschäftigungen hingibt.

Diese Gedanken, deren Niederschreibung so lange dauerte, gingen mir dann schnell durch den Kopf; Aber ihr Blick war mit eigenartiger und selbstbewusster Beharrlichkeit auf mich gerichtet – und ich gab nach. Auf dem Weg zu ihr traf ich Clovelly und Colonel Ryder. Hungerford ging zwischen ihnen. Colonel Ryder sagte: „Ich habe diese Geschichte für Sie aufgehoben, Doktor. Kommen Sie besser vorbei und holen Sie sie sich, solange sie noch heiß ist."

Dies war eine versprochene Geschichte über die Einnahme von Mobile im amerikanischen   Bürgerkrieg

.

Zu jeder anderen Zeit hätte mich die Einladung sehr gefreut; Denn abgesehen von den anderen beiden war Hungerfords schroffe und originelle Unterhaltung immer ein Vergnügen – ebenso seine Stumpen; aber jetzt stand ich unter einem Einfluss, der seinem Ursprung nach egoistisch war. Gleichzeitig hatte ich das Gefühl, dass Hungerford scharfe Kritik an mir hegte und dass er sie mir jeden Moment zuhören lassen könnte. Als ich die Reihenfolge seiner Pflichten durchzählte, wusste ich, dass ihm zu diesem Zeitpunkt nur sehr wenig Zeit für Klatsch bleiben konnte, doch ich sagte, dass ich erst in einer halben Stunde oder so zu ihnen kommen könne. Hungerford hatte die Angewohnheit, mich unter seinen schweren Brauen forschend anzusehen, und ich sah, dass er dies jetzt mit Ungeduld, vielleicht sogar Verachtung, tat. Ich war mir sicher, dass er sich danach sehnte, mich zu verprügeln. Das war seine Vorstellung von Bestrafung und Strafe. Er hakte sich bei den anderen beiden Männern ein, und sie gingen weiter. Colonel Ryder sagte, er werde die Geschichte behalten, bis ich komme, und im Raucherzimmer auf mich warten.

Das Konzert lief noch, als ich mich neben Frau Falchion setzte. „Sie schienen Miss Trehernes Gesang zu genießen?" sagte sie recht herzlich, während sie ihre Hände in ihrem Schoß verschränkte.

„Ja, ich fand es wunderschön. Du nicht wahr?"

„Hübsch, sehr hübsch und bewundernswert in Technik und Ton; aber sie hat zu viel Gefühl, um wirklich künstlerisch zu sein. Sie hat die Sache gespürt, anstatt so zu tun, als würde sie sie fühlen – was den ganzen Unterschied macht. Sie gehört zu einer Rasse entzückender Frauen." , die niemals Schaden anrichten, die jeder als gut bezeichnet, und die sehr streng zu denen sind, die nicht vorgeben, gut zu sein. Dennoch werden alle diese angenehmen Menschen die Briefe ihres Mannes lesen und dennoch keine bürgerlichen Tugenden haben Es wäre schockierend, am Strand ohne Maschine zu baden, wie es amerikanische Frauen tun, und sie erwarten einen neuen Fall Jerusalems, wenn einer ihrer Geschlechter nach dem Abendessen eine Zigarette raucht. Ich rauche also nach dem Abendessen keine Zigaretten Aber gleichzeitig schmuggle ich nicht und bade am Strand ohne Maschine – wenn ich in einem Land bin, in dem es keine Haie und kein Tabu gibt Jahre in der Südsee, wo sie der Natur nicht entfliehen konnten, gäbe es mehr Stärke und weniger Skandal in der Gesellschaft."

Ich lachte. „Es gibt eine offene Bemerkung für Mr. Clovelly, der glaubt, die Welt und mein Geschlecht gründlich zu kennen. Das sagt er auch in seinen Büchern. – Haben Sie „Eine süße Apokalypse" gelesen? Er hat mir mehr als das Gleiche gesagt. Aber er weiß nichts über Frauen – ihre Untreue in kleinen Dingen und ihre Unfähigkeit, sich selbst zu verstehen; ihre gelegentlichen Aufstände gegen die Zwänge einer Frau; Ach, wirklich, Dr. Marmion, er ist unwissend, ich versichere Ihnen, er hat nur zwei oder drei Arten von Frauen im Kopf, und die Vertreter dieser Frauen haben ihn getäuscht So weit er mit ihnen gegangen ist, glauben Sie mir, es gibt niemanden, der so dumm ist wie der professionelle Charakterschüler. Er beginnt sofort, eine Frau zu beeindrucken wünscht sich, dass sie für sein Buch ist, nicht für das, was sie ist; und Frauen lachen über ihn, wenn sie seine Bücher lesen, oder haben Mitleid mit ihm, wenn sie ihn persönlich kennen. Ich wage zu behaupten, dass ich Mr. Clovelly dazu bringen könnte, mich in einem Roman – nicht in „Eine süße Apokalypse" – als ruhigen Liebhaber schicker Basare und Dorcas-Gesellschaften einzusetzen, statt als sehr praktisch veranlagte Person, die das Leben ohne den romantischen Blick gesehen hat , und kennt die Funktionsweise eines Freibeuterschiffs – natürlich durch konsularische Papiere und Gerichtsprozesse – ebenso gut wie die Funktionsweise eines kolonialen Regierungsgebäudes. Aber es lohnt sich nicht, ihn dazu zu bringen, meinen Charakter zu verfälschen. Außerdem bist du hier, um mich zu amüsieren.

Diese Rede, wie sie sie hielt, war angenehm kühn und klug. Ich lachte und machte eine Geste gespielten Widerspruchs, und sie fügte hinzu: „Jetzt habe ich meine Vorlesung beendet. Bitte binden Sie meinen Schnürsenkel dort fest, und dann, wie gesagt, amüsieren Sie mich. Oh, das können Sie, wenn Sie möchten!" Du bist klug, wenn du es sein willst. Nur lass es dieses Mal nicht die Frau eines Professors sein, die sich törichterweise selbst zerstört und eine vielleicht brillante Karriere abbricht.

Sofort beschloss ich, tiefer in ihr Leben einzudringen und ihre Nerven auf die Probe zu stellen, indem ich eine Geschichte erzählte, die ihrer eigenen so ähnlich war (wenn sie die Frau von Boyd Madras war), dass sie sie tief berührte; obwohl ich nicht sicher war, ob ich Erfolg haben würde. Eine Frau, die über die Seekrankheit triumphiert, der weder der Dampf aus den Kesseln noch die Propellerschraube zu schaffen macht, hat von den Worten eines Mannes, der weder geschickt noch beredt noch dramatisch ist, wenig zu befürchten. Ich beschloss jedoch, zu versuchen, was ich tun konnte. Ich sagte: „Ich schätze, Sie hätten gerne etwas in der Richtung des Abenteuers; aber meine Karriere hat nicht in diese Richtung verlaufen, also werde ich auf weniger aufregende Gebiete zurückgreifen, und ich fürchte, auch auf ein nicht sehr erfreuliches Thema."

"Vergiss es!" sagte sie. „Was du wünschst, solange es nicht konventionell und abgedroschen ist. Aber ich weiß, dass du nicht prosy sein wirst, also mach bitte weiter."

„Nun", begann ich, „einmal besuchte ich im Krankenhaus einen Mann – Anson war sein Name – der mir sein Lebensgeheimnis anvertraute, als er dachte, er würde sterben. Ich mochte den Mann; er war gut." Er wirkte liebenswürdig, aber hoffnungslos melancholisch. Kein Rat oder keine Ermutigung wirkte sich auf ihn aus, wie ich es bei so vielen erlebt habe – er ergab sich mit der ausgehenden Flut. Nun ja, er war ein Schwerverbrecher, weil er der Eitelkeit seiner Frau gedient hatte.

Hier machte ich eine Pause. Ich spürte, wie Mrs. Falchions Augen mich durchsuchten. Mit einem unpersönlichen Blick richtete ich meinen Blick fest auf sie und sah, dass sie nicht im Geringsten ihre Farbe verändert hatte. Aber ihre Augen waren beschäftigt.

Ich fuhr fort: „Als er in Ungnade gefallen war, kam sie nicht in seine Nähe. Als er nach seiner Freilassung zu ihr ging" (hier hielt ich es für das Beste, von jeder großen Ähnlichkeit mit Frau Falchions eigener Geschichte abzuweichen) „und wurde eingeliefert Sie behandelte ihn wie einen völlig Fremden – als jemanden, der eingedrungen sei und gewalttätig sein könnte. Sie sagte, dass sie und ihr Dienstmädchen allein im Haus seien, und deutete an, dass er gekommen sei, um sie zu stören. oder sie musste selbst gehen. Er rief sie bei seinem eigenen Namen und bat sie, freundlich mit ihm zu sprechen. Sie sagte, er habe sich mit ihrem Namen völlig geirrt, sie sei nicht Mrs. Glave Frau Anson bestand erneut darauf, dass er gehen sollte, und gelangte schließlich mit gebrochenem Herzen in Krankheit und Armut ins Krankenhaus, wo er zuletzt von einem edlen Mädchen gepflegt wurde , ein Gefährte seiner Kindheit und seiner besseren Tage, der seine Frau drängte, ihn zu besuchen, sie ließ ihn in Ruhe, sagte unangenehme Dinge zu dem Mädchen, kam nicht, um ihren Mann zu besuchen, als er tot war, und sorgte nicht für seine Beerdigung. Wie Sie sehen, hasste sie Leid und Elend – und Kriminelle. Das Mädchen und ihre Mutter zahlten die Kosten für die Beerdigung und waren neben mir die einzigen Trauergäste. Ich bezweifle, dass die Frau überhaupt weiß, wo er liegt. Ich gebe zu, dass die Geschichte melodramatisch klingt; aber die Wahrheit ist meiner Meinung nach eher Drama als Komödie. Was denken Sie nun über das Ganze, Frau Falchion?"

Ich hatte gespürt, wie sie beim ersten Teil meiner Geschichte ein wenig zusammenschrumpfte, als fürchtete sie, dass ihre eigene Geschichte brutal vor ihr enthüllt werden würde; aber das verging bald, und sie klopfte träge auf die Stuhllehne, während die Erzählung weiterging. Als es fertig war, beugte sie sich leicht vor und tippte mit denselben Fingern auf meinen Arm. Ich war unwillkürlich begeistert.

„Er ist gestorben, oder?" Sie sagte. „Das war das Anmutigste, was er tun konnte. Soweit ich die Welt kenne, sterben Männer seiner Klasse NICHT. Sie leben und kommen nie über ihre Erniedrigung hinaus. Sie hatten weder Verstand noch Mut genug, um sie zu bewahren." Sie sind aus dem Gefängnis entlassen worden, und sie haben nicht genug Mumm und Verstand, um erfolgreich zu sein – danach war Ihr Freund Anson in seinem Handeln zuletzt einigermaßen vorbildlich. Er konnte keinen Platz in der Welt finden Ohne anderen Menschen Unbehagen zu bereiten und Ärger zu verursachen, hätte er der Karriere seiner Frau immer geschadet und wäre ihr ein Pfeil – kein Dorn im Auge – gewesen. Sehr wahrscheinlich hätte er einen Skandal verursacht Für das gute junge Mädchen, das ihn gepflegt hat, hat es die Gesellschaft nicht gewollt, dies zu tun Der Täter selbst zwingt es zum Handeln. Dann heißt es: „Jetzt haben Sie unser Band der gegenseitigen Nachsicht offen und rücksichtslos gebrochen." Du zwingst mich, dich wegzuschicken. Dann geh hinter die Steinmauern und komm bitte nicht noch einmal zu mir. Wenn Sie das tun, werden Sie nur ein lästiger Geist sein. Du wirst Unbehagen und Kummer verursachen.' Also tat Mr. Anson – ich muss höflich zu ihm sein – das Vernünftigste und Richtige. Er verschwand aus dem Stück, bevor es tatsächlich zur Tragödie wurde. Sein Tod war keine Tragödie – der Tod ist ein großartiger Verbündeter; es löst Knoten. Die Tragödie war in seinem Leben – in der fortwährenden Zerstörung des Lebens seiner Frau, das sich jeden Morgen erneuerte. Er verschwand. Dann wurde das Stück zu einem Drama, hinter dem sich nur ein kleiner Schatten der Tragödie befand. Nun, ehrlich gesagt, habe ich nicht recht?"

„Frau Falchion", sagte ich, „Ihr Argument ist klug, aber es ist nur nebenbei wahr. Sie zeichnen das Leben, die Gesellschaft und die Menschen nicht korrekter, als der Autor von ‚Eine süße Apokalypse' Sie zeichnen würde. Das soziale Gesetz, das Sie skizzieren." Wenn es auf das Wesentliche reduziert wird, ist es unbarmherzig, es sorgt nicht für Reue, für Wiedergutmachung, für die Wiedererlangung eines verlorenen Paradieses. Es macht eine Tat endgültig, eine unwiderrufliche Sünde.

„Nun, da wir anfangen, wie ein paar Bücher von ein paar hochnäsigen Philosophen zu reden, könnte ich genauso gut sagen, dass ich denke, dass die Sünde endgültig ist, soweit es die häusliche und soziale Maschinerie der Welt betrifft. Was sein religiöser Glaube ist Was von einem Menschen verlangt wird, ist eine Sache, was seine Mitmenschen von ihm verlangen, ist eine andere. Die Welt sagt: „Du sollst genügend Spielraum haben, um dich frei zu bewegen, aber du musst dich an die Regeln halten, sobald du offen gegen das Gesetz verstößt." und setze die Maschinerie der öffentlichen Bestrafung in Gang, es ist ein Ende für dich, was diese Welt betrifft. Du magst weiterleben, aber du wurdest am Rad gebrochen, und gebrochen wirst du immer sein Frage von richtig oder falsch, von Freundlichkeit oder Grausamkeit, aber von allgemeiner Zweckmäßigkeit und Unvermeidlichkeit. Tatsächlich war Herr Anson tot, bevor er seinen letzten Atemzug tat. Er starb, als er innerhalb der Mauern eines Gefängnisses vorbeikam.

In ihren letzten Worten lag eine einzigartige Verachtung, und obwohl ich ihren gnadenlosen Theorien widersprach, war ich erstaunt über ihre Geschicklichkeit und Offenheit – verzaubert vom Glanz ihres Gesichts. Da ich ihr ganzes Leben kenne, kann ich sie bis heute nur als eine großartige Errungenschaft der Natur betrachten, die selbst bei den schwierigsten Berührungspunkten mit dem allgemeinen Sinn und der engsten Interpretation des Lebens überzeugt; Sie überzeugte auch bei den anderen und späteren Vorfällen, die zeigten, dass sie nicht so sehr aus Impuls, sondern nach dem Gesetz ihrer Natur handelte. Offensichtlich wurden ihre Gefühle bei der Geburt rationalisiert – um von einer Macht, die größer war als sie selbst, entrationalisiert und zerbrochen zu werden, bevor sich ihr Leben gelohnt hatte. Ich hatte sie für schlau gehalten; Ich hatte nicht mit ihrer Denkfähigkeit gerechnet. Da ich in ihrer Gegenwart von Gefühlen beeinflusst war, griff ich zu einer persönlichen Anwendung meiner Meinung – dem letzten und unfairsten Ausweg einer Streitpartei. Ich sagte, ich wäre lieber der tote Anson als die lebende Frau Anson; Ich wäre lieber der aktive als der passive Sünder; das Opfer, als ein Teil dieser großen und grausamen Strafmaschinerie.

„Der passive Sünder!“ Sie hat geantwortet. „Warum, was hat sie falsch gemacht?“

Die höchsten moralischen Vorstellungen wirkten in ihr stumpf. Dennoch schien sie damals, wie sie es immer zu sein schien, frei von jeder Handlung zu sein, die die Strafmaschinerie gegen sie selbst in Gang setzen könnte. Sie war unerbittlich, aber sie hatte wissentlich nie auch nur den Rand des Moralkodex gebrochen.

„Um seiner Frau Freude zu bereiten, hat Anson den falschen Schritt gemacht“, drängte ich.

„Glauben Sie, dass sie bei dem Preis das Vergnügen gehabt hätte? Der Mann war eitel und egoistisch, jedes Risiko einzugehen und etwas zu tun, das ihre Sicherheit gefährden könnte – das heißt ihr Glück und ihr Wohlbefinden.“

„Aber angenommen, er wüsste, dass sie Bequemlichkeit und Vergnügen liebte? – dass er ihren Zorn oder ihre Verachtung fürchtete, wenn er sich nicht um ihren Luxus kümmerte?“

„Dann hätte er so eine Frau nicht heiraten dürfen.“ Der Härte in ihrer Stimme stand in diesem Moment die Kälte ihres Gesichts gegenüber.

„Das wirft die Frage auf“, antwortete ich. „Was würde eine so selbstsüchtige Frau in einem solchen Fall tun, wenn ihr Vergnügen nicht befriedigt werden könnte?“

„So eine Frau muss man fragen“, war ihre ironische Antwort.

Ich hatte plötzlich das Gefühl, dass ihre Burg der Stärke zusammenbrach. Ich wagte mich weiter.

„Das habe ich getan.“

Sie drehte sich leicht zu mir um, aber nicht nervös, wie ich erwartet hatte.

"Was hat Sie gesagt?"

„Sie lehnte eine direkte Antwort ab.“

Es entstand eine Pause, in der ich spürte, wie ihre Augen mein Gesicht suchten. Ich fürchte, ich muss die Verstellung gut gelernt haben; denn nach einer Minute schaute ich sie an und erkannte, dass ich nichts verraten hatte, da keine seltsame Besorgnis auftrat. Sie sah mir direkt in die Augen und sagte: „Dr. Marmion, ein Mann darf nicht damit rechnen, dass ihm vergeben wird, der eine Frau beschämt hat.“

„Nicht einmal, wenn er Buße getan und gesühnt hat?“

„Sühne! Wie verrückt bist du! Wie kann es Sühne geben? Du kannst die Dinge nicht auslöschen – auf der Erde. Wir sind von der Erde. Aufzeichnungen bleiben erhalten. Wenn ein Mann den Narren, den Feigling und den Verbrecher spielt, muss er damit rechnen Tragen Sie die Narrenkappe, die weiße Feder und die Beinkette bis zu seinem Lebensende. Und jetzt wechseln wir bitte das Thema. Wir waren lange genug buchstäblich. Sie erhob sich mit einer Geste der Ungeduld.

Ich bin nicht aufgestanden. „Entschuldigen Sie, Frau Falchion“, drängte ich, „aber das interessiert mich so sehr. Ich habe in letzter Zeit viel an Anson gedacht. Bitte, lassen Sie uns noch ein wenig reden. Setzen Sie sich.“

Sie setzte sich wieder mit einer Miene des Zugeständnisses statt der Freude.

„Ich bin daran interessiert“, sagte ich, „diese Frage aus der Sicht einer Frau zu betrachten. Sehen Sie, ich neige dazu, mich auf die Seite des elenden Kerls zu stellen, der aus Liebe zu einem Egoisten einen falschen Schritt gemacht hat – dumm, wenn man so will.“ und schöne Frau.

"Sie war wunderschön?"

„Ja, so wie du bist.“ Sie errötete bei diesem großen Kompliment nicht mehr, als es eine Löwin tun würde, wenn man die erstaunliche Glätte und Schönheit ihrer Haut lobte.

„Und sie war ihm vorher eine treue Ehefrau gewesen?“

„Ja, in allem, was den Code betraf.“

„Nun? – Nun, war das nicht genug? Sie tat, was sie konnte, solange sie konnte.“ Sie lehnte sich im Stuhl weit zurück, die Augen halb geschlossen.

„Glauben Sie nicht – als Frau, nicht als Theoretikerin –, dass Mrs. Anson zumindest zu ihm gekommen sein könnte, als er im Sterben lag?“

„Es wäre ihr nur unangenehm gewesen. Sie hatte keinen Anteil an seinem Leben, sie konnte nicht mit ihm fühlen. Sie konnte nichts tun.“

„Aber angenommen, sie hätte ihn geliebt? Bei dieser Erinnerung also an die Zeit, als sie sich im Guten wie im Schlechten nahmen, bis der Tod sie trennte?“

„Der Tod trennte sie, als der Kodex ihn verbannte; als er aus einer freien Welt in einen Käfig überging. Außerdem reden wir über Menschen, die heiraten, nicht über ihre Liebe.“

„Ich gebe zu“, sagte ich mit ein wenig roher Ironie, „dass ich in der Definition nicht genau war.“

Hier erhielt ich einen Einblick in ihr Wesen, das die Ereignisse im Nachhinein für mich nicht so wunderbar erscheinen ließ, wie sie anderen vielleicht erscheinen würden. Sie dachte einen Moment ganz lässig nach und fuhr dann fort: „Man bringt einen dazu, wie George Eliot zu moralisieren. Die Ehe ist eine Bedingung, aber Liebe muss eine Handlung sein. Das eine ist ein Vertrag, das andere ist vollständiger Besitz, ein Prinzip – das heißt, ob es überhaupt existiert, weiß ich nicht.

Sie drehte mechanisch die Ringe an ihrem Finger herum; und darunter war ein Ehering! Ihre Stimme war leise und zerstreut geworden, und jetzt schien sie meine Anwesenheit vergessen zu haben und blickte auf die summende Dunkelheit um uns herum, durch die hin und wieder die Pfeife eines Bootsmanns oder das laute Lachen von Blackburn ertönte, das von einem erzählte freudige Stunde im Raucherzimmer.

Ich bin jetzt dabei, einen Akt des Wahnsinns, der Torheit meinerseits zu dokumentieren. Ich nehme an, dass die meisten Männer solche Momente der Versuchung erleben, aber ich vermute auch, dass sie vernünftiger und ehrenhafter handeln als ich damals. Ihre Hand war sanft auf die Stuhllehne gesunken, nahe an meine eigene, und obwohl unsere Finger sich nicht berührten, spürte ich, wie meine Finger erregt und zu ihren getrieben wurden. Ich versuche nicht, mein Handeln zu beschönigen. Obwohl der Mann, von dem ich glaubte, dass er ihr Ehemann sei, unten war, gab ich mich einer eingebildeten Leidenschaft für sie hin. In diesem Moment war ich ein Gefangener. Ich ergriff ihre Hand und küsste sie heiß.

„Aber du weißt vielleicht, was Liebe ist“, sagte ich. „Vielleicht lernst du – lernst du von mir. Du –“

Plötzlich und überrascht zog sie ihre Hand zurück und sprach ohne sichtbare Bewegung außer einem schnelleren Pulsieren ihrer Brust, das Empörung hätte sein können. „Aber selbst wenn ich es lernen könnte, Dr. Marmion, stellen Sie sicher, dass weder Ihr College noch der Himmel Ihnen das Wissen gegeben hat, um mich zu unterrichten ... Da: Verzeihen Sie, wenn ich hart spreche; aber das ist höchst rücksichtslos von Ihnen, die meisten impulsiv – und kompromissbereit. Du bist zu einzigartigen Gegensätzen fähig. Du bist einfach zu interessant für einen Liebhaber.

Ihre Worte waren ein kalter Schock für mein Gefühl – mein oberflächliches Gefühl; obwohl sie mir in diesem Moment tatsächlich bezaubernd vorkam. Ohne erkennbare Relevanz, aber sicherlich, weil meine Gedanken in Selbstvorwürfen um Kabine 116 Mittelstufe schwebten, sagte ich mit beißender Scham: „Das wundert mich jetzt nicht!“

„Du fragst dich nicht, worüber?“ sie fragte; und sie legte freundlich ihre Hand auf meinen Arm.

Ich zog die Hand ein wenig kindisch weg und antwortete: „Auf Männer, die zum Teufel gehen.“ Aber das war nicht das, was ich dachte.

„Das hört sich für jemanden nicht schmeichelhaft an. Darf ich Sie fragen, was Sie meinen?“ sagte sie ruhig. „Ich meine, Anson liebte seine Frau, und sie liebte ihn nicht; dennoch hielt sie ihn wie einen Sklaven und folterte ihn gleichzeitig.“

„Fällt es Ihnen nicht auf, dass das irrelevant ist? Sie sind nicht mein Ehemann – nicht mein Sklave. Aber um es weniger persönlich zu sagen: Mr. Ansons Frau war nicht dafür verantwortlich, dass er sie liebte. Liebe ist, wie ich es verstehe, eine freiwillige Sache.“ Es gefiel ihm, sie zu lieben – er hätte es nicht getan, wenn es ihm nicht gefallen hätte –, wenn er kein Fingerspitzengefühl gehabt hätte.

„Das“, sagte ich, „können weder Sie noch ich mit Sicherheit wissen. Aber um der Schrift gerecht zu werden: Sie erntete, wo sie nicht gesät hatte, und erntete, wo sie nicht gestreut hatte. Wenn sie den Mann nicht dazu brachte, sie zu lieben.“ – Ich glaube, sie hat es getan, und ich glaube, Sie würden es vielleicht unbewusst tun –, sie nutzte seine Liebe und war daher besser in der Lage, alle anderen Männer dazu zu bringen, sie zu bewundern weder dafür noch für seine Hingabe dankbar.

„Sie meinen in der Tat, dass ich – denn Sie stellen den persönlichen Antrag – von nun an besser in der Lage sein werde, die Liebe der Menschen zu gewinnen, weil – ach, sicherlich, Dr. Marmion, Sie würdigen diesen Impuls, diese Torheit von Ihnen nicht der Name der Liebe!“ Sie lächelte ein wenig satirisch über die Finger, die ich geküsst hatte.

Ich fühlte mich gedemütigt und ärgerte mich über sie und über mich selbst, obwohl ich tief in meinem Inneren wusste, dass sie Recht hatte. „Ich meine“, sagte ich, „dass ich verstehen kann, wie Männer wegen solcher Dinge

Selbstmord begangen haben. Ich wundere mich, dass Anson, der arme Teufel!, es nicht getan hat." Ich wusste, dass ich dumm redete.

„Er hatte nicht den Mut, mein lieber Herr. Er war Gentleman genug, um zu sterben, aber nicht, um in diesem Ausmaß heldenhaft zu sein. Denn es bedarf einer starken Prise Heldentum, um sich das Leben zu nehmen. Nach meiner Vorstellung wäre Selbstmord der Fall." Das war das Beste für ihn, als er gegen den Kodex versündigte. Die Welt hätte ihn bemitleidet und gesagt: Er hat uns die Strafe für ihn erspart – ah!

Sie schauderte und fuhr dann fast kalt fort: „Selbstmord ist ein Akt von Bedeutung; er zeigt, dass ein Mann zumindest die Wertlosigkeit seines Lebens erkennt. Er tut eine dramatische und kraftvolle Sache; er hat einen Moment großen Mutes und so." Wenn es ein Duell gewesen wäre, bei dem er absichtlich weit geschossen hätte und sein Angreifer geschossen hätte, um zu töten, umso mehr hätte die Welt Mitleid gehabt Situation, als mit gebrochenem Herzen zu sterben – ich nehme an, das ist möglich? – und in Ungnade in einem Krankenhaus."

„Sie scheinen nur an die Gegenwart zu denken, nur an den Kodex und die Welt; und als gäbe es keinen Heldenmut in einem Mann, der seine Schande niederlebt, sich an allen möglichen Punkten heldenhaft wieder aufrichtet, seine Strafe trägt und den Mut zeigt täglich den Sack der Reue und Wiedergutmachung tragen."

„Oh", beharrte sie, „du machst mich wütend. Ich weiß, was du ausdrücken willst; ich weiß, dass du es für eine Sünde hältst, sich das Leben zu nehmen, selbst auf ‚hochrömische Art'." Aber ehrlich gesagt, das tue ich nicht, und ich fürchte – oder besser gesagt, ich glaube, dass ich es niemals tun werde. Schließlich ist Ihr Glaube erbarmungslos, denn, wie ich zu sagen versucht habe, muss der Mann nicht allein darüber nachdenken , aber diejenigen, für die sein Leben eine ständige Schande und Bedrohung und eine unerträgliche Grausamkeit ist! Jetzt wechseln wir bitte endlich das Thema und" – hier lachte sie – „verzeihen Sie mir, wenn ich Ihre eingebildete Verliebtheit auf die leichte Schulter genommen habe." gleichgültig. Ich möchte dich als Freund – zumindest als freundschaftlichen Bekannten.

Wir sind beide aufgestanden. Ich war noch nicht ganz zufrieden mit ihr und auch mit mir selbst. Ich war mir sicher, dass sie sich zwar keinen Liebhaber von mir wünschte, aber nichts dagegen hatte, dass ich den hingebungsvollen Kavalier spielte, der alles geben sollte, während sie nichts geben sollte. Ich wusste, dass meine Bestrafung bereits begonnen hatte. Schweigend gingen wir auf dem Deck auf und ab; und einmal, als wir weit nach achtern gingen, sah ich, wie er an der Reling des Zwischendecks lehnte und zu uns blickte: Boyd Madras; und die Worte des Briefes, den er über das Niemandsmeer schrieb, kamen mir in den Sinn.

Schließlich sagte sie: „Sie haben auf meine letzte Bemerkung nicht geantwortet. Sollen wir Freunde und nicht Liebende sein? wenig ironisch: „Meiden Sie mich und seien Sie so eisig wie zuvor – leidenschaftlich?"

„Frau Falchion", sagte ich, „ich möchte nicht Ihre Feindin sein – ich könnte es nicht sein, wenn ich wollte; aber im Übrigen müssen Sie mich bitte sehen lassen, was ich morgen von mir denken werde." „Morgen wird es viel Tugend geben", fügte ich hinzu. „Es ermöglicht einem, eine Perspektive zu bekommen."

„Ich verstehe", sagte sie; und dann war es still. Wir gingen einige Minuten lang langsam über das Deck. Dann wurden wir von zwei Damen eines Komitees angesprochen, das den Kostümball in der Hand hatte. Sie wollten Frau Falchion in bestimmten Kostüm- und Dekorationsfragen konsultieren, für die sie, wie sich herausstellte, eine besondere Begabung besaß. Sie drehte sich halb fragend zu mir um, und ich wünschte ihr eine gute Nacht, innerlich fest entschlossen (wie einfach es ist, nachdem wir es versäumt hatten, uns selbst zu befriedigen!), dass die Berührung ihrer Finger mein Herz nie wieder schneller schlagen lassen sollte.

Ich gesellte mich zu Colonel Ryder und Clovelly ins Raucherzimmer. Wie ich freudig vermutete, war Hungerford verschwunden. Ich war zu feige, um ihm in diesem Moment in die Augen zu sehen. Colonel Ryder schätzte gerade den Betrag ab, den er wetten würde – wenn er die Angewohnheit hätte zu wetten –, dass die „Fulvia" sich nicht in zwanzig Minuten umdrehen könnte, während er in Klammern Hungerfords Bemerkungen mir gegenüber bestätigte – obwohl er davon keine Ahnung hatte – dass Lascars auf englischen Passagierschiffen nicht erlaubt sein sollten. Er wurde von Sir Hayes Craven, einem Reeder, unterstützt, der weiter sagte, dass nicht einer von zehn britischen Seeleuten schwimmen könne, während nicht fünf von zehn ein Boot richtig rudern könnten. Ryders Zorn war groß, denn Clovelly bemerkte mit gespielter Ernsthaftigkeit, dass die Lascars malerisch seien, und fragte den Amerikaner, ob er sie beobachtet habe, wie sie lustlos Reis und Curry aßen, während sie zwischen den Decks hockten; ob er den Serang mit seiner silbernen Pfeife beobachtet hatte, der sie beherrschte und uns „armen weißen Müll" verachtete; und wenn er es nicht für eine gute Sache hielt, Fatalisten wie sie als Seeleute zu haben – sie würden in Zeiten der Gefahr cool bleiben.

Colonel Ryders Empörung wurde jedoch durch den Buchmacher gedämpft, der, da er keine Ansichten hatte, aber eine Gelegenheit zum Spaß sah, Verstärkung aus Spreu und Slang einbrachte, die sich leicht in Schimpfwörter umwandeln ließen und mit knappem Humor durchtränkt waren. Viele der Damen hatten vom Buchmacher als einem der Männer mit den besten Manieren an Bord gesprochen. So war er allem Anschein nach. Keiner kleidete sich geschmackvoller und verhielt sich auch nicht so elegant. In seiner starken Sprache lag sogar ein ehrerbietiger Ton, eine zögernde Kuriosität, die sie unwiderstehlich machte. Er stand jeder Person an Bord zur Verfügung, die eine Meisterschaft brauchte. Seine Talente waren vielfältig. Er konnte den Damen in einem Moment Farbharmonien vorschlagen und im nächsten Moment in der Abgeschiedenheit der Bartheke tödliche Harmonien in Spirituosen arrangieren. Er war eine Autorität auf dem Gebiet der Schauspielerei; er wusste, wie man eine Zeitung herausgibt; er hat in den Predigten der Missionare im Saloon die wirklich schönen Punkte herausgegriffen; er hatte einige wunderbare Theorien über die Navigation; und sein Trick mit einem Salat war großartig. Jetzt erschütterte er die Müßiggänger im Raucherzimmer vor Lachen und lenkte die Diskussion bald geschickt auf die Geschwindigkeit des Schiffes ab, indem er sogleich ein Gewinnspiel über die Möglichkeiten der Fahrt veranstaltete. Er schlug sofort vor, die Zahlen zu versteigern. Er war der Auktionator. Mit dem Brillenglas vor dem Auge und böhmischer Höflichkeit über seine Lippen trieb er die Preise in die Höhe. Er verkaufte Clovellys Nummer und hatte sie über das Gebot des Romanautors hinaus erhöht, als plötzlich die Schraube stoppte, die Motoren nicht mehr funktionierten und die „Fulvia" langsamer wurde.

Die Nummern blieben unverkauft. Uns erfuhr, dass ein Unfall mit der Maschine passiert war und dass wir für einen Tag oder länger angehalten werden müssten, um notwendige Reparaturen durchzuführen. Wie schwer der Maschinenunfall war, wusste niemand.

KAPITEL V

ANKLUCHENDE GESICHTER

Während wir drängten, kam das „Stachelschwein" an uns vorbei. Aller Wahrscheinlichkeit nach würde es nun vor uns nach Aden gelangen; und hierin lag eine Entwicklung der Geschichte von Frau Falchion. Ich stand neben Belle Treherne, als das Schiff auf uns zukam, und gab ein Zeichen, um zu sehen, was los sei. Frau Falchion war nicht weit von uns entfernt. Sie betrachtete das Schiff aufmerksam durch ein Seeglas und legte es nicht ab, bis es vorbeigefahren war. Dann wandte sie sich mit einem abwesenden Licht in den Augen und einem winterlichen Lächeln ab; und der Blick und das Lächeln hielten an, als sie sich in ihren Liegestuhl setzte und ihre Wange nachdenklich an das Marineglas lehnte. Aber ich sah jetzt, dass sich etwas zu ihrem Gesichtsausdruck hinzugefügt hatte – eine Andeutung von Grübeln oder Staunen. Belle Treherne bemerkte die Richtung meiner Blicke und sagte: „Kennen Sie Mrs. Falchion schon lange?"

„Nein, nicht lange", antwortete ich. „Erst seit sie an Bord kam."

„Sie ist sehr klug, glaube ich."

Ich spürte, wie mir die Röte ins Gesicht stieg, obwohl es dafür vernünftigerweise keinen Anlass gab, und ich sagte: „Ja, sie ist eine der fähigsten Frauen, die ich je getroffen habe."

„Sie ist auch schön – sehr schön." Das ist ganz ehrlich.

„Hast du mit ihr gesprochen?" fragte ich.

„Ja, ein wenig heute Morgen, zum ersten Mal. Sie hat jedoch nicht viel gesprochen." Hier machte Miss Treherne eine Pause und fügte dann nachdenklich hinzu: „Wissen Sie, dass sie mich durch ihre einzigartige Offenheit und auch einzigartige Zurückhaltung beeindruckt hat? Ich habe noch nie jemanden wie sie getroffen. Sie trägt ihr Herz nicht auf der Zunge, denke ich.

Ein Moment der Ironie überkam mich; dieser Wunsch, etwas zu sagen, was man wirklich nicht glaubt (ein weiblicher Zug), und ich antwortete: „Sind diese beiden Artikel für irgendjemanden notwendig? Ein Ärmel? – nun, man muss bekleidet sein. Aber ein Herz? – eine umständliche Sache, wie ich es nehme.

Belle Treherne drehte sich um und sah mir einen Moment lang fest in die Augen, als wäre sie plötzlich aus der Abstraktion erwacht, und sagte langsam, während sie sich leicht zurückzog: „Dr. Marmion, ich bin nur ein Mädchen, ich weiß, und unerfahren.", aber ich hoffte, dass die meisten gebildeten und lebenskundigen Menschen frei von dieser Art von Zynismus wären, von dem man in Büchern lesen kann." Dann schien etwas in ihren Gedanken ihre Worte und ihr Benehmen abzukühlen, und einen Moment später kam ihr Vater herbei, sie nahm seinen Arm und ging mit einer nicht sehr herzlichen Verbeugung vor mir davon.

Tatsache ist, dass sie mit der schnellen Intuition einer Frau in meinem Ton etwas gelesen hatte, das auf meine jüngste Erfahrung mit Mrs. Falchion schließen ließ. Ihre schöne Weiblichkeit erwachte; die Reinheit ihrer Gedanken erhob sich im Gegensatz zu meiner Leichtfertigkeit und zu mir; und ich wusste, dass ich ein Vorurteil geweckt hatte, das nicht leicht zu zerstören war.

Das war an einem Freitagnachmittag.

Am darauffolgenden Samstagabend sollte der Kostümball stattfinden. Der Maschinenunfall und unsere Verspätung wurden bei den Vorbereitungen dafür fast vergessen. Ich hatte wenig zu tun; Es war nur ein kranker Mann an Bord, und meine Hand konnte seine Krankheit nicht heilen. Wie es ihm ergangen war, zögerte mein unbehaglicher Geist, der jetzt bitterlich ein Pflichtgefühl entwickelt hatte, fast, nachzufragen. Doch es kam zu einer Veränderung. Bei mir hatte eine Reaktion eingesetzt. Wäre es dauerhaft? Ich wagte kaum, diese Frage zu beantworten, da Mrs. Falchion an meiner rechten Seite am Tisch saß und ihre Stimme an meinem Ohr lag. Ich war noch nicht ganz ich selbst; Ich kämpfte sozusagen mit den Auswirkungen eines fantastischen Traums.

Dennoch hatte ich meinen Kurs festgelegt. Ich hatte Vorsätze gefasst. Ich hatte das Kapitel der Affäre beendet. Ich hatte mir gewünscht, zur Mittelstufe 116 zu gehen und den Bewohner verlangen zu lassen, welche Befriedigung er wollte. Ich wollte Hungerford sagen, dass ich ein Arsch war; aber das war noch schwieriger. Er war von Natur aus so gründlich und kompromisslos, so stark in seiner Moral, dass ich das Gefühl hatte, sein Sarkasmus wäre im Moment zu deutlich für mich. Dabei habe ich ihm jedoch kein gutes Gespür für Rücksichtnahme zugetraut, wie sich im Nachhinein herausstellte. Obwohl zwischen uns keine mündliche Übereinkunft darüber bestanden hatte, dass Mrs. Falchion die Frau von Boyd Madras war, war die Meinung des einen auch die des anderen. Ich verstand genau, warum er mir die Geschichte von Boyd Madras erzählte: Es war eine Warnung. Er war nicht der Mann, der Dinge beharrte. Er gab den Hinweis, und damit endete die Sache für ihn, bis vielleicht eine Zeit kommen würde, in der er es für seine Pflicht halten würde, das Thema noch einmal anzusprechen. Einige Zeit zuvor hatte er mir das Porträt des Mädchens gezeigt, das versprochen hatte, seine Frau zu werden. Sie konnte IHM natürlich überall und überall vertrauen.

Mrs. Falchion hatte die Veränderung in mir gesehen, und ich bin mir sicher, dass sie die neue Richtung meiner Gedanken erraten hatte und wusste, dass ich in einer neuen Gesellschaft Zuflucht suchen wollte – was in der Tat nicht leicht zu erreichen war, so wie ich jetzt gefühlt; denn kein Mädchen von zartem und stolzem Temperament würde es selbstgefällig ertragen, wenn die Aufmerksamkeit einer anderen Person voreilig auf sie selbst übergeht. Außerdem wäre es weder höflich noch vernünftig, abrupt mit Frau Falchion zu brechen. Der Fehler lag bei mir, nicht bei ihr. Sie wusste nichts über die unmittelbaren Umstände, was meine Position moralisch unhaltbar machte. Sie zeigte völlige Unwissenheit über die Veränderung. Gleichzeitig bemerkte ich einen Tonfall und eine Art Verhalten, die zeigten, dass sie nicht wirklich ahnungslos war, sondern von einem Nerv berührt war, den man Eitelkeit nennt; und daraus entspringt viel weiblicher Hass.

Ich entschloss mich, mit einer wissenschaftlichen Lektüre zu beginnen, und saß in meiner Kabine und versuchte vergeblich, eine Abhandlung über die Pathologie des Nervensystems zu verdauen, als Hungerford an der Tür erschien. Mit einem Nicken trat er ein, warf sich auf das Kabinensofa und bat um ein Streichholz. Nach einer Pause sagte er: „Marmion, Boyd Madras, alias Charles Boyd, hat mich erkannt.“

Ich stand auf, um eine Zigarre zu holen, wandte dabei mein Gesicht von ihm ab und sagte: „Nun?“

„Nun, es gibt nichts wirklich Aufregendes. Ich nehme an, er wünschte, ich hätte ihn im Dingey auf dem Niemandsmeer gelassen. Er ist ein Idiot.“

„In der Tat, warum?“

„Marmion, wird dein Gehirn weicher? Warum beschattet er eine Frau, die ihren Finger nicht rühren würde, um ihn vor Kampf, Mord oder plötzlichem Tod zu retten?“

„Aus dem Code“, sagte ich halb im Selbstgespräch.

„Von was?“

„Oh, egal, Hungerford. Ich nehme an, er beschattet – Mrs. Falchion?“

Er musterte mich aufmerksam.

„Ich meine die Frau, die seinen Namen verworfen hat; die ihm den Rücken gekehrt hat, als er in Schwierigkeiten war; die hofft, dass er tot ist, wenn sie nicht glaubt, dass er tatsächlich tot ist; die ihn zweifellos als Einbrecher behandeln würde.“ Wenn er zu ihr ging, auf die Knie ging und sagte: „Gnade, mein Mädchen, ich bin als reuiger Verschwender zu dir zurückgekehrt. Von nun an werde ich so gerade sein wie die Sonne, also hilf mir der Himmel und deine Liebe.“ Vergebung!"

Hungerford hielt inne, als erwartete er eine Antwort von mir. aber ich schwieg, während ich mich auf den Knien nach vorne beugte und kräftig rauchte. Das schien ihn zu verärgern, denn er sagte ein wenig rau: „Warum kommt er nicht heraus und gibt euch auf dem Promenadendeck Feuer, treibt sie mit gewaltiger Frechheit in die Enge und verlangt von ihr tausend Pfund? Ihr beide." Und sie würde mehr von ihm denken, wenn es richtig gemacht wird – habe ich das nicht auf der ganzen Welt gesehen, vom Lubra bis zur Witwe – ob sie sündigt oder nicht? sollte Herrin und Geliebte der Frau sein, und zwar gleichermaßen das eine wie das andere."

An diesem Punkt veränderte sich Hungerfords Verhalten leicht und er fuhr fort: „Marmion, ich wäre nicht in deine Nähe gekommen, nur habe ich bemerkt, dass du deinen Kurs geändert hast und wahrscheinlich einen neuen Kurs einschlagen wirst. Das ist nicht mein Kurs." Ich hatte die Angewohnheit, einem Mann Sorgen zu machen, und Sie haben zuerst nicht geantwortet. Nun, denken Sie nicht, dass Sie helfen könnten, dieses Durcheinander zu klären? eine Versöhnung zwischen diesen beiden herbeiführen?

„Der Plan ist einen Versuch wert. Niemand außer dir und mir muss davon erfahren. Es wäre kein großes Opfer für sie, ihm einen Vorgeschmack auf das zu geben, was sie zu tun geschworen hat – wie läuft es ab? – ‚zu haben und zu haben' „Von diesem Tag an halten"? – Ich kann mich nicht daran erinnern; Der Sinn der Sache, Marmion, und der Vertrag zwischen den beiden gilt bis in den ewigen Bauch hinein. Was auch immer passiert, ein Ehemann ist ein Ehemann und eine Ehefrau eine Ehefrau. Es scheint mir, dass in den Augen des Himmels. Er ist es, der dem Wind trotzt, jedes Holz strammt, und sie, die mit ihm reitet, gut bekohlt, mit wehenden Fahnen, in einem offenen Kanal, und an dem Wrack vorbei, ohne auch nur zu sagen: ‚Ahoi!'"

Jetzt, in dieser Zeitspanne, schaue ich zurück und sehe Hungerford, „den rauflustigen Seemann", wie er sich selbst nannte, da liegen, seine dunkelgrauen Augen fest auf mich gerichtet; und ich bin davon überzeugt, dass kein ehrlicherer, standhafterer Mann jemals ein Segel geffnet hat, sich auf der Brücke an die Reihe gesetzt hat oder in seinen Lebensgeschäften über das trockene Land gegangen ist. Es überraschte mich nicht, als ich ein Jahr später in öffentlichen Drucken sah, dass er der Held von – aber das muss an anderer Stelle erzählt werden. Ich wollte ihm gerade antworten, wie ich wusste, dass er es wünschen würde, als ein Steward erschien und sagte: „Mr. Boyd, 116 Intermediate, wünschte, Sie würden zu ihm kommen, Sir, wenn Sie so freundlich wären."

Hungerford erhob sich, und als ich mich zum Aufbruch bereit machte, drängte er leise: „Du hast die Karten und Sondierungen, Marmion, Dampf voraus!" und mit einem schnellen, aber freundlichen Griff meiner Schulter verließ er mich. In diesem Moment überkam mich ein Gefühl der Feigheit, ein Gefühl der Scham und dann, hart und überwältigend, die Entschlossenheit, Boyd Madras zu dienen, soweit es in meiner Macht stand, und ein Mann zu sein und kein Feigling oder … ein Faulenzer.

Als ich ihn fand, lag er am Boden. In seinen Augen war keine Wut, keine Empörung, keine Verdrossenheit – all das hätte er vernünftigerweise spüren können; und sofort schämte ich mich für den Gedanken, der mir, als ich zu ihm kam, durch den Kopf schoss, dass er etwas Gewalttätiges tun könnte. Nicht, dass ich Angst vor Gewalt gehabt hätte; aber ich hatte eine ausgeprägte Abneigung gegen unangenehme Umstände. Ich fühlte seinen flatternden Puls und bemerkte die blaue Linie auf seinen verzogenen Lippen. Ich gab ihm Medikamente und setzte mich dann. Es herrschte Stille. Was könnte ich sagen? Ein Dutzend Gedanken kamen mir in den Sinn, aber ich lehnte sie ab. Es war schwierig, das Thema zu erschließen. Schließlich legte er seine Hand auf meinen Arm und sprach:

„Du hast mir eines Abends gesagt, dass du mir helfen würdest, wenn du könntest. Ich hätte dein Angebot zuerst annehmen sollen; es wäre besser gewesen. – Nein, bitte sprich jetzt noch nicht. Ich glaube, ich weiß, was du sagen würdest.“ . Ich wusste, dass du es ernst meinst, dass du mich mochtest, vielleicht, und dass ich gute Kameraden hatte, aber das war nicht der Fall Nicht weil du deine Worte zurücknehmen wolltest, sondern weil sie eine große Macht hatte Ich werde es nicht vor Ihnen zurückrufen, aber Gott weiß, ich gehe jeden Tag und jede Nacht alles durch, bis es mir vorkommt, dass nur die Erinnerung an sie real ist und dass sie selbst ein Geist ist, den ich nicht haben sollte Ich habe ihren Weg erneut gekreuzt, obwohl ich es nicht wusste, und jetzt kann ich diesen Weg nicht verlassen, ohne noch einmal vor ihr zu knien, wie ich es vor langer Zeit getan habe, und muss die gleiche Luft einatmen oder stirb; vielleicht ist es beides. Das ist eine Macht, die sie besitzt: Sie kann jemanden ihrem Willen unterwerfen, obwohl sie oft unfreiwillig Dinge will, die für andere den Tod bedeuten. Man MUSS sich um sie kümmern, verstehen Sie; es ist natürlich, auch wenn es eine Qual ist, dies zu tun.“

Er legte seine Hand auf die Seite und bewegte sich, als hätte er Schmerzen. Ich streckte die Hand aus und fühlte seinen Puls, dann nahm ich seine Hand, drückte sie und sagte: „Ich werde jetzt dein Freund sein, Madras, soweit ich kann.“

Er sah dankbar zu mir auf und antwortete: „Das weiß ich – das weiß ich. Das ist mehr, als ich verdiene.“

Dann begann er über seine Vergangenheit zu sprechen. Er erzählte mir von Hungerfords Freundlichkeit ihm gegenüber auf der „Dancing Kate“, von seinen glücklosen Tagen in Port Darwin, von seiner Suche nach seiner Frau, seinen Briefen an sie und ihrer Weigerung, ihn zu sehen. Er schimpfte nicht gegen sie. Er entschuldigte sich für sie und machte sich selbst Vorwürfe. „Sie ist einzigartig", fuhr er fort, „und anders als die meisten Frauen. Sie hat nie gesagt, dass sie mich liebt, und das hat sie auch nie getan, ich weiß. Ihr Vater drängte sie, mich zu heiraten; er hielt mich für einen guten Mann."

Hier lachte er ein wenig bitter. „Aber es war ein schlechter Tag für sie. Sie hat nie jemanden geliebt, glaube ich, und sie kann nicht verstehen, was Liebe ist, obwohl viele sich um sie gekümmert haben. Sie schweigt, wenn es um sich selbst geht. Ich glaube, es gab einige Probleme – nicht." Liebe, da bin ich mir sicher – was sie ärgerte und manchmal ein wenig streng machte; etwas, das mit ihrem Leben oder dem Leben ihres Vaters in Samoa zu tun hatte. Man kann nur vermuten, dass weiße Männer dort sogenannte einheimische Frauen nehmen Sehr oft – und wer kann das sagen? wären tot und hätten ihren alten Namen angenommen, aber wenn ich noch einmal leise mit ihr sprechen könnte, wäre es vielleicht überhaupt nicht gut, die Welt mit mir anzufangen, aber ich würde es gerne tun um sie sagen zu hören: „Auf Wiedersehen." Ein freundlicher Abschied von ihr wäre ein Trost. Sie können das sehen, Dr. Marmion?"

Er hielt inne und wartete darauf, dass ich etwas sagte. „Ja, das kann ich sehen", sagte ich; und dann fügte ich hinzu: „Warum haben Sie nicht mit ihr gesprochen, bevor Sie beide in Colombo an Bord kamen?"

„Ich hatte keine Chance. Ich habe sie erst eine Stunde vor der Abfahrt des Schiffes auf der Straße gesehen. Ich hatte kaum Zeit, meine Überfahrt anzutreten."

Der Schmerz schränkte seinen Ausdruck ein, und als er sich erholt hatte, wandte er sich wieder an mich und fuhr fort: „Morgen Abend findet an Bord ein Kostümball statt. Ich habe nachgedacht. Ich könnte gut verkleidet gehen." Ich könnte mit ihr sprechen und keine Aufmerksamkeit erregen; und wenn sie mir nicht zuhört, dann ist das Schlimmste vorbei, und das Schlimmste zu wissen ist gut.

„Ja", sagte ich; „Und was soll ich tun?"

„Ich möchte mich natürlich verkleiden und mich in Ihrer Kabine anziehen, wenn Sie erlauben. Ich kann mich hier nicht anziehen, das würde Aufmerksamkeit erregen; und ich bin kein Passagier der ersten Klasse."

„Ich fürchte", antwortete ich, „dass es mir unmöglich ist, Ihnen zu den Privilegien eines Passagiers erster Klasse zu verhelfen. Sehen Sie, ich bin Offizier des Schiffes. Aber ich kann Ihnen trotzdem helfen. Sie sollen dies verlassen." Ich werde dafür sorgen, dass Sie sich in die erste Klasse begeben Freundlichkeit zumindest, und dann können Sie von Rechts wegen zum Ball gehen, und danach kann es kaum einen Unterschied machen, dass Sie zu den

Passagieren der ersten Klasse gehören, denn Sie werden sich dann getroffen und gesprochen haben, entweder zum Frieden oder auf andere Weise.

Ich hatte sehr große Zweifel an einer Versöhnung; Der Inhalt meines bemerkenswerten Gesprächs mit Frau Falchion war mir so deutlich im Gedächtnis geblieben. Ich befürchtete, sie würde nur den Fall von Anson und seiner Frau reproduzieren. Ich hatte auch Angst vor einer möglichen Szene – was zeigte, dass ich ihre Fähigkeiten noch nicht einschätzen konnte. Nach einer Weile, in der wir schweigend dasaßen, sagte ich zu Madras: „Aber angenommen, sie hätte Angst? – sollte – sollte sie eine Szene machen?"

Er richtete sich in eine sitzende Haltung auf. „Ich fühle mich besser", sagte er. Dann beantworte ich meine Frage: „Du kennst sie nicht ganz. Sie wird keinen Muskel rühren. Sie hat Nerven. Ich habe sie in Positionen großer Gefahr und Prüfung gesehen. Sie ist nicht emotional, obwohl ich wirklich glaube, dass sie einen wecken wird." Tag und finde, dass ihr Herz ganz heiß ist, aber nicht für mich. Dennoch sage ich, dass alles ganz angenehm sein wird, was jede Demonstration ihrerseits betrifft, das versichere ich Ihnen.

„Und die Verkleidung – dein Kleid?" fragte ich.

Er erhob sich langsam von der Koje, öffnete einen Koffer und holte daraus ein weiß-rotes Tuch mit goldenen Fransen hervor. Es hatte eine schöne Textur und die Form einer Toga oder eines Mantels. Er sagte: „Ich war ein Verkäufer solcher Dinge in Colombo, und diese habe ich mitgebracht, weil ich sie nicht ohne Opfer entsorgen konnte, als ich eilig ging. Ich habe daraus einen Mantel gemacht. Ich könnte als – ein Adliger gehen." Roman vielleicht!" Dann huschte ein leichtes, ironisches Lächeln über seine Lippen und er streckte seine dünnen, aber wohlgeformten Arme aus, als würde er sich selbst verspotten.

„Du wirst gehen wie Menelaos der Grieche", sagte ich.

„Ich als Menelaos der Grieche?" Das Lächeln wurde etwas grimmiger.

„Ja, als Menelaos; und ich werde als Paris gehen." Ich bezweifle nicht, dass meine Stimme im Moment eine ganze Menge Selbstverachtung zum Ausdruck brachte; aber vor ihm lag eine Art Luxus in der Selbsterniedrigung. „Ihre Frau hat, wie ich weiß, die Absicht, als Helena von Troja aufzutreten. Das ist alles Blödsinn. Lassen Sie es so stehen, wie Menelaos und Helena und Paris, bevor es einen Trojanischen Krieg gab, und als ob es nie einen geben könnte – als ob Paris." ging verunsichert zurück und die anderen beiden versöhnten sich."

Seine Stimme war leise und gebrochen. „Ich weiß, dass Sie Dinge übertreiben und sich selbst über alle Maßen verurteilen", antwortete er. „Ich werde tun, was Sie sagen. Aber, Dr. Marmion, es wird nicht alles nur Blödsinn sein, wie Sie sehen werden."

Dabei erschien ein seltsamer Ausdruck auf seinem Gesicht. Ich konnte es nicht interpretieren; und nach ein paar erklärenden Worten bezüglich seiner Überführung in den vorderen Teil des Schiffes verließ ich ihn. Ich fand den Zahlmeister, traf die notwendigen Vorkehrungen für ihn und suchte dann, in vielerlei Hinsicht demütig, meine Kabine auf. Ich ging beunruhigt ins Bett. Nach langem Wachzustand döste ich in den unruhigen Vorraum des Schlafs ein, in dem sich die Ereignisse der Welt mit den Visionen der Bewusstlosigkeit vermischen. Es kam mir vor, als sähe ich das Herz eines Mannes in seiner Brust mit zunehmender Qual schlagen, bis es mit einem letzten gewaltigen Herzklopfen platzte und das Leben verschwand. Dann änderte sich der Traum, und ich sah einen Mann im Meer ertrinken, der scheinbar nie ganz ertrinkte, seine Hände schlugen ständig in die Luft und das spöttische Wasser. Ich dachte, ich hätte viele Male versucht, ihm im Halbschatten eine leuchtende Boje zuzuwerfen, aber jemand hielt mich zurück und ich wusste, dass die Arme einer Frau mich umschlossen hatten.

Aber schließlich blickte der Ertrinkende auf und sah die Frau so, und mit einem letzten Zucken der Arme verschwand er aus seinem Blickfeld. Als er weg war, lösten sich die Arme der Frau von mir; aber als ich mich umdrehte, um mit ihr zu sprechen, war auch sie gegangen.

Ich wachte auf.

Zwei Stewards unterhielten sich im Gang, und einer sagte: „Bei Tagesanbruch wird sie losfahren, und es wird ein Rennen mit der ,Porcupine' nach Aden sein. Wie unten die Motoren laufen!"

KAPITEL VI

MUMMER ALLES

Der nächste Tag war wunderschön, wenn auch nicht erfreulich. Es wurden rührende Vorbereitungen für den Ball getroffen. Boyd Madras wurde in eine Kabine weiter vorne verlegt, erschien aber zu keiner Mahlzeit im Salon oder an Deck. Am Morgen war ich in der Apotheke beschäftigt. Während ich dort war, kam Justine Caron, um Medikamente zu holen, die ich ihr zuvor gegeben hatte. Ihre Hand war jetzt fast gesund. Justine war nervös, und es schien mir, dass ihre Bemühungen, ihrer Herrin zu gefallen, und ihre gelegentlichen Misserfolge sie übermäßig belasteten. Ich sagte zu ihr: „Haben Sie sich Sorgen gemacht, Miss Caron?"

„Oh nein, Doktor", antwortete sie schnell.

Ich sah sie ein wenig skeptisch an, und sie sagte schließlich: „Na ja, vielleicht ein bisschen. Sehen Sie, Madame hat letzte Nacht nicht gut geschlafen, und ich habe ihr vorgelesen. Es war ein wenig schwierig, und es gab nicht viel Auswahl." von Büchern."

"Was hast du gelesen?" fragte ich mechanisch, während ich ihre Medizin zubereitete.

„Oh, zuerst irgendein französischer Roman – der von De Maupassant; aber Madame sagte, er sei unverschämt – er habe Frauen zu Narren und Männer zu Teufeln gemacht. Dann habe ich ein paar moderne englische Geschichten ausprobiert, aber sie meinte, sie seien albern. Ich wusste nicht, was ich tun sollte. Aber Da war Shakespeare. Ich habe „Antonius und Kleopatra" gelesen, und sie sagte, dass das Stück großartig war, aber die Leute waren dumm, außer als sie starben – Madame ist eine großartige Kritikerin.

„Ja, ja, das weiß ich; aber wann ist sie eingeschlafen?"

„Gegen vier Uhr morgens. Ich habe mich gefreut, denn sie ist sehr schön, wenn sie viel schläft."

„Und Sie – geht Ihnen der Schlaf in dieser Angelegenheit nichts an, Madame?"

„Für mich", sagte sie und schaute weg, „ist es egal. Ich habe keine Schönheit. Außerdem bin ich Madames Dienerin", – sie errötete leicht darüber, „und sie ist großzügig mit Geld."

„Ja, und du magst Geld so sehr?"

Ihre Augen blitzten ein wenig trotzig, als sie mir ins Gesicht sah. „Es ist alles für mich."

Sie hielt inne, als wolle sie die Wirkung auf mich sehen oder eine künstliche (ich wusste, dass es künstliche) Kraft zum Weitermachen bekommen, dann fügte sie hinzu: „Ich liebe Geld. Ich arbeite dafür; ich würde alles dafür ertragen – alles." das eine Frau ertragen könnte. Aber hier hielt sie erneut inne, und obwohl ihre Augen immer noch blitzten, zitterten ihre Lippen. Ihr Gesicht war nicht voller Gier. Es war sensibel und dennoch fest, so tief wie ihre Natur durch Schöpfung und Erfahrung war und diese Natur immer weiter vertiefte. Plötzlich kam mir die Überzeugung, dass dieses Mädchen irgendeinen Kummer in ihrem Leben hatte und dass diese unwirkliche Zuneigung zum Geld damit zusammenhängt. Vielleicht sah sie meinen interessierten Gesichtsausdruck, denn sie fuhr hastig fort: „Aber entschuldigen Sie, ich bin dumm. Mir geht es besser, wenn der Schmerz weg ist. Madame ist freundlich, sie lässt mich vielleicht heute Nachmittag schlafen."

Ich reichte ihr die Medizin und fragte dann: „Wie lange kennen Sie Mrs. Falchion, Miss Caron?"

„Nur ein Jahr."

„Wo bist du zu ihr gekommen?"

"In Australien."

„In Australien? Du hast dort gelebt?"

„Nein, Monsieur, ich habe nicht dort gelebt."

Mir kam ein Gedanke in den Sinn – die Nähe Neukaledoniens zu Australien, und Neukaledonien war eine französische Kolonie – eine französische Strafkolonie! Ich lächelte, als ich mir das Wort „Strafe" sagte. Natürlich konnte das Wort nichts mit einem Mädchen wie ihr zu tun haben, aber sie hätte trotzdem in der Kolonie leben können. Also fügte ich leise hinzu: „Sie kamen vielleicht aus Neukaledonien?"

Ihr Blick war aufrichtig, wenn auch traurig. „Ja, aus Neukaledonien."

War sie, dachte ich, die gute Frau eines Sträflings – eines politischen Gefangenen? – die Verwandte eines unglücklichen Flüchtlings? Was auch immer sie war, ich war mir sicher, dass sie frei von jeglichen Fehlern war. Offensichtlich dachte sie, ich könnte etwas Unfreundliches von ihr vermuten, denn sie sagte: „Mein Bruder war Offizier in Nouméa. Er ist tot. Ich gehe nach Frankreich, wenn ich kann."

Ich versuchte sanft mit ihr zu sprechen. Ich sah, dass ihre gegenwärtige Position eine Prüfung sein musste. Ich riet ihr, sich mehr Ruhe zu gönnen, sonst würde sie völlig zusammenbrechen, denn sie sei schwach und nervös; Ich deutete an, dass sie möglicherweise ganz aufgeben müsste, wenn sie sich weiterhin rücksichtslos überforderte; und schließlich, dass ich mit Frau Falchion über sie sprechen würde. Ich war damals kaum auf ihre Aktion vorbereitet. Tränen traten ihr in die Augen und sie sagte zu mir, ihre Hand ergriff unwillkürlich meinen Arm: „Oh nein, nein! Ich bitte Sie, nicht mit Madame zu sprechen. Ich werde schlafen – ich werde mich ausruhen. Das werde ich tatsächlich. Dieser Gottesdienst ist Sie ist so großzügig für mich, weil sie mich Tag und Nacht so gut bezahlt. Und das ist die Ehre meines toten Bruders Herz; du wirst mich mit Medizin stark machen, und ich werde Gott bitten, dich zu segnen. Und dann ist es meine Ehre!“

Ich hatte das Gefühl, dass sie nicht so nachgegeben hätte, wenn ihre Nerven nicht erschüttert worden wären, wenn sie nicht so sehr allein und unregelmäßig gelebt hätte, was ihre eigene Ruhe und Bequemlichkeit betraf, und zu einem ständigen Verlust ihrer Energie. Ich wusste, dass Frau Falchion egoistisch war und nicht erkennen wollte oder konnte, dass sie das Mädchen hart belastete, etwa durch Mitternachtslesen und Schlafmangel. Sie verlangte nicht nur körperliche, sondern auch geistige Energie – eine völlige Unterwerfung beider; und als dies einem sensiblen, nervösen Mädchen passierte, saugte sie sich buchstäblich vom Lebenselixier eines anderen auf. Wenn ihr das gesagt worden wäre, wäre sie zweifellos sehr überrascht gewesen.

Ich beruhigte Justine. Ich sagte ihr, dass ich Frau Falchion nichts direkt sagen sollte, denn ich sah, dass sie Angst vor Unannehmlichkeiten hatte; aber ich machte ihr klar, dass sie sich schonen müsse, sonst würde sie zusammenbrechen, und erpresste ihr das Versprechen, dass sie sich dagegen wehren würde, nach Mitternacht aufzustehen und Frau Falchion vorzulesen.

Als das erledigt war, sagte sie: „Aber sehen Sie, es ist nicht Madames Schuld, dass ich beunruhigt bin.“

„Ich möchte kein Geheimnis wissen“, sagte ich, „ich bin Arzt, kein Priester, aber wenn Sie mir etwas sagen können, bei dem ich Ihnen helfen kann, können Sie es mir befehlen.“ mich, soweit es möglich ist.“ Ehrlich gesagt glaube ich, dass ich damals zu neugierig war.

Sie lächelte wehmütig und antwortete: „Ich werde über das nachdenken, was Sie so freundlich sagen, und vielleicht werde ich Ihnen eines Tages bald von solchen Problemen erzählen, die ich habe. Aber glauben Sie mir, es ist überhaupt keine Frage von Unrecht, von irgendjemandem – jetzt ist das Unrecht vorbei. Es muss einfach eine Ehrenschuld beglichen werden.

„Gehen Sie zu Verwandten nach Frankreich?“ Ich fragte.

„Nein; ich habe keine Verwandten, keine nahen Freunde. Ich bin allein auf der Welt. An meine Mutter kann ich mich nicht erinnern; sie starb, als ich noch sehr jung war. Mein Vater hatte Reichtümer, aber sie gingen, bevor er starb. Dennoch ist Frankreich meine Heimat.", und ich muss dorthin gehen. Sie wandte ihren Kopf den langen Weiten des Meeres zu.

Zwischen uns passierte kaum etwas mehr. Ich riet ihr, oft an Deck zu kommen und sich unter die Passagiere zu mischen; und sagte ihr, dass ich, wann immer es ihr gefiel, gerne jeden Dienst leisten würde, der in meiner Macht stand. Ihre letzten Worte waren, dass sie mich nach unserer Ankunft in Aden möglicherweise beim Wort nehmen würde.

Nachdem sie gegangen war, fragte ich mich in meiner Ahnung, dass Aden mit kritischen Punkten in der Geschichte einiger von uns in Verbindung gebracht werden würde; und von diesem Moment an begann ich, Justine Caron mit bestimmten Ereignissen in Verbindung zu bringen, die, da war ich mir sicher, zu einem unglücklichen Ende führten. Ich fragte mich auch, welche Rolle ich bei der Entwicklung der Komödie, Tragödie oder was auch immer es sein sollte, spielen sollte. In diesem Zusammenhang dachte ich an Belle Treherne und daran, wie ich in ihren Augen aussehen würde, wenn diese kleine Szene mit Frau Falchion, die mir jetzt immer ins Gesicht starrte, vor ihr geprobt würde. Ich stand schnell auf, mit einer halben Verfluchung über mich selbst; und eine Strophe eines rohen Seeliedes war in meinen Ohren:

„Man kann Fracht festmachen, lebend und tot,
aber man kann die Erinnerung nicht außer Sichtweite bringen; man kann
die vollen Segel über dem Kopf anmalen, aber man kann eine schwarze Tat
nicht weiß machen ..."

Wütend sagte ich mir: „Es war keine schwarze Tat; es war dumm, es war Verliebtheit, es war nicht richtig, aber das ist an Bord üblich; und ich habe den Kopf verloren, das war alles."

Einige Zeit später war ich noch bei der Arbeit in der Apotheke, als ich Mr. Trehernes Stimme von draußen nach mir rufen hörte. Ich zog den Vorhang zurück. Er stützte sich auf den Arm seiner Tochter und hielt in einer Hand einen Stock. „Ah, Doktor, Doktor", rief er, „mein alter Feind, der Ischias, hat mich im Griff, und warum, in diesem warmen Klima, kann ich nicht verstehen. Ich fürchte, ich muss mich umdrehen, wie die ,Fulvia', und ich bin froh, dass wir wieder auf unserem Kurs sind." Er trat ein und setzte sich. Belle Treherne verneigte sich ernst vor mir und lächelte leicht. Das Lächeln war nicht besonders gastfreundlich. Ich wusste ganz genau, dass es keine leichte Aufgabe sein würde, sie von der Realität meiner wachsenden Bewunderung für sie zu überzeugen; Aber ich war entschlossen, meine neue Religion der Zuneigungen auf unangreifbare Regeln zu stützen, und ich hatte das Gefühl, dass es mir jetzt am besten gelingen würde, abzuwarten und mich zu beweisen.

Während ich für Herrn Treherne Medikamente besorgte und ihn über die Vorsorge gegen Erkältungen in einem heißen Klima beriet, unterbrach er plötzlich: „Dr. Marmion, Kapitän Ascott sagt mir, dass wir am nächsten Dienstagmorgen in Aden ankommen werden. Jetzt.", wurde ich von einem Freund in London gebeten, das Grab eines seiner Söhne – eines Zeitungskorrespondenten – zu besuchen, der bei einer der Expeditionen gegen die einheimischen Stämme getötet und auf dem allgemeinen Friedhof von Aden begraben wurde Ausweg konnte ich den Auftrag nicht erfüllen, weil wir in der Nacht an Aden vorbeikamen, aber am Dienstag wird es noch genügend Zeit dafür geben, das ist jedoch meine Schwierigkeit: Ich kann nicht gehen, es sei denn, ich werde es schaffen Besser, und ich fürchte, so viel Glück erwartet mich nicht, zumindest wünsche ich mir, dass eine der Damen an Bord mitkommt . Callendar, ich glaube, und ich werde Sie bitten, sie zu begleiten, wenn Sie so wollen. Ich kenne Sie besser als jeder andere Offizier. und außerdem würde ich mich sicherer und zufriedener fühlen, wenn sie unter den Schutz eines Offiziers gehen würde – diese barbarischen Orte, wissen Sie! – obwohl es natürlich zu viel von Ihnen verlangt oder was unmöglich ist.

Ich stimmte erfreut zu. Belle Treherne betrachtete gerade die lateinischen Namen auf den Flaschen, und ihr Gesicht zeigte weder einen Ausdruck der Freude noch des Missfallens. Mr. Treherne sagte unverblümt: „Dr. Marmion, Sie sind freundlich – sehr freundlich, und auf mein Wort, ich bin Ihnen sehr verbunden." Dann sah er seine Tochter an, als erwarte er, dass sie etwas sagen würde.

Sie blickte auf und sagte ganz konventionell: „Sie sind sehr freundlich, Dr. Marmion, und ich bin Ihnen sehr verbunden." Dann schien es mir, als würden ihre Augen vor Vergnügen funkeln, als sie die Rede ihres Vaters paraphrasierte, und sie fügte hinzu: „Mrs. Callendar und ich werden uns wirklich sehr geehrt fühlen und es als sehr wichtig empfinden, einen Offizier an unserer Seite zu haben. Natürlich werden alle anderen neidisch sein, und das wird natürlich unsere Eitelkeit noch verstärken."

Daraufhin wäre sie gegangen; Doch ihr Vater, der gerade so sehr unter Schmerzen litt, dass er sich über alles freute, was seine Aufmerksamkeit davon ablenken konnte, begann ein Gespräch über ein Thema von beiderseitigem Interesse, an dem sich seine Tochter gelegentlich, aber nicht mit Begeisterung, beteiligte. Doch als sie zum Gehen kamen, drehte sie sich um und sagte freundlich, fast leise, als ihre Finger meine berührten: „Ich beneide Sie fast um Ihren Beruf, Dr. Marmion. Er öffnet Türen zu so viel Menschlichkeit und Leben."

„In solch einer Habgier liegt keine Sünde", sagte ich lachend, und glauben Sie mir, sie kann mir zumindest nicht schaden." Dann fügte ich ernst hinzu:

„Ich möchte, dass mein Beruf, soweit es mich betrifft, Ihren Neid wert ist."
Sie war durch die Tür gegangen, bevor die letzten Worte gesprochen wurden,
aber ich sah, dass ihr Blick nicht abweisend war.

....

Gibt es irgendwo Unglück? Es gibt kein störendes Meeresrauschen, keine
Wolke am Himmel. Ist die Katastrophe nicht tot und die Pfeile der Tragödie
vergossen? Der Frieden breitet sich in der tiefen, duftenden Dämmerung in
Richtung Arabien aus; Trägheit breitet sich in die unbekannten Länder im
äußersten Süden aus. Keine ängstliche Seele beugt sich aus dem Fenster des
Lebens; Die Zeit ist schwer mit herrlicher Leichtigkeit. Es gibt keinen Ton,
der beunruhigt; die Welt vergeht und niemand achtet darauf; denn es liegt
alles jenseits dieser moschusartigen Dämmerung und dieser angenehmen
Stunde. In diesem Palast am Meer wandelt die Heiterkeit mit luftigen und
harmonischen Schritten ein und aus. Sogar das Klirren von acht Glocken hat
Musik – weder laut noch störend, sondern gedämpft in der samtigen Luft.
Dann ertönt durch diese Hemisphäre fröhlicher Stille das „Alles gut" der
Uhr.

Aber schau! Hast du gerade einen Stern fallen sehen und die lange Allee
erlöschender Flammen dahinter? – Schau nicht; es ist nichts. Kein
Schmerzensschrei drang durch diese Helligkeit. Von den Zuschauern gab es
nur das „Alles gut".

Das Dröhnen der Motoren fällt auf eine gepolsterte Atmosphäre, und die
Lascars bewegen sich wie Geister über die Decks. Die lange, glatte
Promenade ist überdacht und mit Vorhängen überdacht und mit Bannern
behangen, und die fröhlichen Motive des prächtigen Ostens tragen zur
Vereinigung des Vergnügens bei.

Und nun kommen durch ein geschmücktes Tor die Menschen aus vielen
Ländern, um den fröhlichen Hof zu bewohnen. Die Musik tritt in ihre
Fußstapfen: Hamlet und Esther; Caractacus und Iphigenie; Napoleon und
Hermine; Der Mann mit der eisernen Maske und Sappho; Garibaldi und
Boadicea; ein arabischer Scheich und Jeanne d'Arc; Mohammed und
Casablanca; Kleopatra und Hannibal – eine auferstandene Welt. Aber die
Illusion ist kurz und gering. Diese Welt ist sehr schmutzig – schließlich
besteht sie aus Fetzen und Flecken. Es ist nur eine hübsche Maskerade, in
der weibliche Eitelkeit hart gegen seltsam gekleidete Brüste schlägt; und
männliche Einbildung zeigt sich in der Arbeit der Lockenstäbe des Friseurs
und in den Holzschwertern und Papierhelmen des Schiffszimmermanns. Der
Stolz dieser Leute wird nicht gemindert, weil Hamlets Perücke schief geht
oder ein Römer Probleme mit seinen törichten Strumpfbändern hat. Nur
wenige Männer oder Frauen können dem Mummen widerstehen; Sie stellen
sich vor, jemand anderes zu sein, ob tot oder lebend. Doch diese scheinen in

diesem Unsinn glücklich zu sein. Die trägen Tage scheinen Hass, Bosheit und jegliche Lieblosigkeit abgeschwächt zu haben. Sie werden stolzieren und ihre Stunde auf dieser kleinen Bühne verbringen. Möge dieses lebhafte Mädchen den plötzlichen Tod vergessen, der sie zur Waise machte; der nervöse Makler seine treulose Frau; der grauhaarige Soldat seine albernen und eindringlichen Sünden; der Bankrotte seine Gläubiger.

„Weiter mit dem Tanz, lasst der Freude keine Grenzen gesetzt sein!" Denn der Kapitän ist auf der Brücke, der Ingenieur ist unten; Wir haben starke Mauern und einen unaufhörlichen Wachposten. In den Pausen des Tanzes wird Wein vorbeigereicht und neben der drapierten und gepolsterten Spill oder in der freundlichen Düsternis eines Bootes, das im Namen der Sicherheit straff zwischen seinen Davits hängt, werden müßige Dinge gesagt. Lassen Sie diese Nachahmung Kleopatras die Künste der Kleopatra nutzen; dieser sanfte Romeo (manchmal ein irischer Vermieter) schwört dieser schüchternen Julia; diese Helena von Troja – Von allen, die diese Decks betraten, mit Umhängen und Perücken, mit Charakteren, die nicht ihre eigenen waren, war Frau Falchion die hübscheste und überzeugendste. Mit einer anmutigen, wiegenden Bewegung ging sie die Promenade entlang, und selbst der Neid lobte sie. Ihre Hand lag sanft auf dem Arm eines braunen, tapferen Eingeborenen aus den indischen Hügeln, der wild und wild gekleidet war. Vor seiner wilden Bildhaftigkeit und seiner bulligen Kraft trat ihre Vollkommenheit der tierischen Schönheit, gezügelt und zart gemacht durch ihre innere Kälte, in feinem Kontrast hervor; und doch waren beide in der natürlichen Schönheit ihrer Form gleichwertig.

Mit einer einzigartigen Bestätigung dessen, was letzten Endes aber ein traurig-humorvoller Vorschlag gewesen war, hatte ich mich in ein griechisches Kostüm gekleidet – schnell angefertigt von meinem Verwalter, der ein Schneider gewesen war – und wollte gerade meine Kabine verlassen, als Hungerford trat ein und rief, während er überrascht seine Pfeife aus dem Mund nahm: „Marmion, was bedeutet das? Kennst du deine Pflichten nicht besser? Kein Offizier darf bei diesen Aufführungen in einem anderen Kostüm als seiner Uniform erscheinen. Du „Sind das beste Beispiel für vorstädtische Unschuld und Erbsünde, das ich in diesem letzten Vierteljahrhundert gesehen habe, in dem ich die Welt – und Sie – vor dem Wanken und der Zerstörung bewahrt habe." Er griff nach einer meiner Zigarren.

Wortlos und verärgert über meine eigene Dummheit entledigte ich mich langsam der Kleidung Griechenlands; während Hungerford weiter rauchte und gelegentlich ein paar Takte von „The Buccaneer's Bride" vor sich hin summte, war aber offensichtlich mit etwas beschäftigt, das ihm durch den Kopf ging. Schließlich sagte er: „Marmion, ich habe vorstädtische Unschuld und Erbsünde gesagt, aber du hast auch das Gesetz von Quadrat und Zirkel

im Griff. Das sage ich für dich, alter Junge – und ich hoffe, du denkst nicht."
Ich bin ein elender Idiot.

Ich antwortete immer noch nichts, sondern bot ihm eine meiner besten
Zigarren an, nahm ihm die andere ab und hielt das Streichholz in der Hand,
während er es anzündete – was unter Männern ein ausreichender Beweis für
gutes Gefühl ist. Er verstand es und fuhr fort: „Selbstverständlich werden Sie
heute Abend ein Auge auf Mrs. Falchion und Madras haben: Wenn er fest
entschlossen ist, dass sie sich treffen, und Sie es arrangiert haben. Ich würde
gerne wissen, wie es vorher läuft." Sie kommen vorbei, wenn es Ihnen nichts
ausmacht, und ich sage, Marmion, bitten Sie Miss Treherne, gegen Ende des
Abends einen Tanz für mich aufzuführen, würden Sie mich entschuldigen?
Vom Schiff gezüchtet. Und wenn ich nur einen Sprung die Promenade
hinunter mache, möchte ich, dass es mit einem Mädchen geschieht, das mich
an jemanden erinnert, der West Kensington lebenswert macht. Denken Sie
nur an ein Mädchen wie sie – eine Absolventin der Künste, deren Name und
Bild in allen Zeitungen standen – die bereit ist, sich mit mir zu versöhnen,
Dick Hungerford. Sie ist so natürlich und einfach, wie ein Mädchen nur sein
kann, und wirft einem keine griechischen Wurzeln entgegen. Versuchen Sie
auch nicht, Sie vom Unterschied zwischen den Liedern der Troubadours und
den Sonetten von Petrarca zu überzeugen. Es ist ihr egal, ob Dantes Beatrice
eine echte Frau oder ein Prinzipal war. oder wie groß ist der Abstand
zwischen Sinus und Cosinus? Sie kann einen Zaun im Jagdgebiet erwischen
wie ein Vogel –! Oh, alles klar, halten Sie einfach still, und ich mache es auf."
Und er kämpfte mit einer widerspenstigen Schnalle. „Nun, Sie werden Miss
Treherne nicht vergessen, oder? Sie sollte so bleiben, wie sie ist. Ein Kostüm
an ihr würde das Vergolden des Goldes bedeuten; Denn obwohl sie nicht
besonders schön ist, geht es ihr sehr gut, wirklich sehr gut. Da bist du nun
wieder du selbst und siehst umso besser aus."

Mittlerweile trug ich wieder meine Uniform, setzte mich hin, rauchte und
blickte Hungerford an. Sein langer Klatsch war mehr oder weniger distanziert
gewesen, und ich hatte nichts gesagt. Ich verstand, dass er auf seine
unverblümte, ehrliche Art versuchte, meine Gedanken endgültig von Mrs.
Falchion auf Belle Treherne abzulenken; und er schien mir noch nie ein so
guter Kerl zu sein wie in diesem Moment. Schließlich antwortete ich: „In
Ordnung, Hungerford. Ich werde Ihr Stellvertreter, Ihr Botschafter bei Miss
Treherne sein. Um wie viel Uhr sehen wir Sie an Deck?"

„Gegen 11.40 Uhr – gerade rechtzeitig, um einen Walzer am Rande von acht
Glocken zu spielen."

„Am Rande des Sonntags, mein Junge."

„Ja. Wissen Sie, dass es morgen erst vier Jahre her ist, seit ich Boyd
Madras auf dem Niemandsmeer gefunden habe?"

„Lass uns nicht darüber reden", sagte ich.

„In Ordnung. Ich habe die Tatsache nur gesagt, weil sie mir eingefallen ist. Ich bin von nun an Mutter. Und ich möchte über etwas anderes reden. Der Erste Offizier – ich weiß nicht, ob Sie ihn in letzter Zeit bemerkt haben, aber ich sage es Ihnen Folgendes: Wenn wir jemals Probleme mit diesem Schiff bekommen, wird er kaputtgehen. Als die Maschine neulich ins Stocken geriet, war er so schüchtern wie eine Frau, die er mit der Kohle hatte sagte vorhin, hat ihm die Nerven gebrochen, so großer Mann er auch ist.

„Hungerford", sagte ich, „im Allgemeinen krächzst du nicht, aber du verdienst dir heute Abend den Charakter des Raben. Die Sache wächst dir. Was nützt es, unangenehme Themen anzusprechen? Du bist ein alter Mann." Frau." Ich fürchte, in meiner Stimme lag die geringste Verärgerung; Aber die Wahrheit ist, dass die Erlebnisse der letzten Tage ihre Spuren bei mir hinterlassen hatten und Hungerfords Sprache und Verhalten plötzlich anstrengender geworden waren.

Er stand einen Moment da und blickte mich mit direktem Ernst unter seinen starken Brauen an, dann trat er vor, legte seine Hand auf meinen Arm und erwiderte: „Sei nicht unhöflich, Marmion. Ich bin nur ein stumpfer, dummer Mensch." Seemann; und um die Wahrheit zu sagen, jeder Seemann ist abergläubisch – jeder echte Seemann kann nichts dafür – ich kann es nicht. „Behalte ich es nicht für mich? Weil ich egoistisch bin und es mir gut tut, gemeinsam mit dir zu reden, und es hat mir wohl das Gefühl gegeben, dieses Ding mit einem Kumpel zu teilen."

Ich ergriff seine Hand, bat ihn um Verzeihung und beschimpfte mich mit unangenehmen
Schimpfwörtern, was er sofort unterbrach und sagte: „Schon gut, Marmy, schüttle, bis die Knöchel knacken! Ich bin weg. Vergiss den Tanz nicht." „Er ist im Gang verschwunden.

Dann ging ich an Deck, und die Szene, die ich so unvollkommen beschrieben habe, zog vor mir ab. Den ganzen Abend über war Frau Falchion von Bewunderern umgeben, sowohl Männern als auch Frauen; und zwei der sehr stattlichen englischen Adelsdamen, von denen ich zuvor gesprochen habe, waren ihr gegenüber besonders gnädig; während sie sich ihrerseits mit angemessener Würde langweilte. Ich habe einmal mit ihr getanzt und war für einen weiteren Tanz auf ihrem Programm. Ich hatte auch mit Belle Treherne getanzt, die als Miriam auftrat und von einer der Titeldamen begleitet wurde; und ich hatte auch einen Tanz mit ihr „ausgesessen". Als ich im Laufe des Abends zufällig an ihr vorbeikam, sah ich sie im Gespräch mit Frau Falchion, die ihren Kavalier entlassen hatte und lieber reden wollte, wie sie sagte, denn Tanzen sei auf dem Indischen Ozean eine ermüdende Arbeit. Belle Treherne, die sie bis zu diesem Zeitpunkt nie wirklich gemocht hatte, erlag dem

angenehmen Charme ihrer Unterhaltung und ihren offenen, applaudierenden
Bemerkungen über die Kostüme der Tänzer. Sie hatte für jeden ein gutes
Wort parat, und sie lockte ihre Begleiterin heraus, um das Beste aus sich
herauszuholen, was Frauen vor Frauen seltener tun als in Gegenwart von
Männern. Ich bin sicher, dass ihr Interesse an Belle Treherne echt war, und
ebenso sicher, dass sie keinen Groll gegen sie hegte, weil ich meine Loyalität
aufgegeben hatte. Tatsächlich bin ich mir sicher, dass sie mir gegenüber kein
tiefes Gefühl verletzten Stolzes empfand. Die nachteilige Schärfe, die sie
manchmal an den Tag legte, richtete sich gegen die dumme Rolle, die ich mit
ihr gespielt hatte, und gegen mein Verhalten bei späteren Ereignissen; es
entsprang nicht dem persönlichen Gefühl oder Selbstwertgefühl.

Einige Zeit nach diesem Treffen sah ich Boyd Madras als Grieche verkleidet
aus dem Niedergang kommen. Er trug einen falschen Bart und trug seine
weißen, scharlachroten und goldenen Gewänder gut – ein sehr auffälliger und
vorzeigbarer Mann. Er trat langsam vor, blickte sich ruhig um und ging auf
mich zu, als er mich sah. Ohne sein Benehmen hätte ich ihn kaum
wiedererkannt. Ein Tanz begann; aber viele Augen richteten sich neugierig
und sogar bewundernd auf ihn; denn er sah einzigartig und beeindruckend
aus und sein Gesicht wurde durch einen Bart und Fleischbemalungen voller.
Ich winkte ihn zur Seite, wo es Schatten gab, und sagte: „Nun, Sie haben
beschlossen, sie zu sehen?"

„Ja", sagte er; „Und wenn Sie so wollen, wünsche ich Ihnen, dass Sie mich
ihr   als
Mr. Charles Boyd vorstellen.

„Halten Sie das immer noch für klug?" Ich fragte.

„Das ist mein aufrichtiger Wunsch. Ich muss heute Abend ein Verständnis
haben." Er sprach sehr bestimmt und zeigte keine Aufregung. Sein Auftreten
war ruhig und Gentleman.

Er hatte eine überraschende Entschlossenheit. Indem er einen antiken
Charakter bewahrte, schien er für einen Moment auch etwas von antiker
Geistesstärke an den Tag gelegt zu haben und nicht länger der schüchterne
Invalide zu sein. „Dann komm mit", antwortete ich.

Wir gingen ein paar Minuten schweigend weiter, und als wir dann sahen, wo
Frau Falchion war, gingen wir auf sie zu. Der nächste Tanz auf ihrem
Programm war meiner. Bei meinem letzten Tanz mit ihr hatten wir uns wie
jetzt bei Tisch unterhalten – wie in der ersten Stunde, als ich sie traf –
unpersönlich, manchmal (ich wage es zu sagen) amüsant. Jetzt wandte ich
mich an sie und entschuldigte mich für meine Verspätung. Der Mann neben
ihr verabschiedete sich. Zuerst hatte sie mich nur kurz angesehen, aber jetzt
schaute sie meinen Begleiter an, und der Blick blieb neugierig, verwirrt.

„Es passt", sagte ich, „dass Griechisch auf Griechisch trifft – dass Menelaos Helen vorgestellt werden sollte. Darf ich sagen, dass Helen, wenn sie nicht Helen ist, Frau Falchion ist, und wenn Menelaos nicht Menelaos ist, ist er – Mr. Charles." Boyd.

Ich fürchte, meine Stimme stockte leicht, denn plötzlich überkam mich eine ebenso unerwartete wie unbequeme Nervosität, und meine Worte, die leichtfüßig begannen, endeten heiser. Hatte Madras diese Frau falsch eingeschätzt?

Ihre Augen brannten, und ihr Gesicht war so bleich wie Marmor; all sein leichter, aber gesunder Glanz war verschwunden. Ein ganz leises Keuchen kam von ihren Lippen. Ich sah, dass sie ihn erkannte, als er sich nach meiner Vorstellung verbeugte und ihren Namen nannte. Ich wusste nicht, was passieren würde, denn ich sah die Gefahr in ihren Augen als Antwort auf den flehenden Blick in seinen. Würde es doch zu einem Melodrama kommen? Sie verneigte sich lediglich vor mir, als wollte sie mich abweisen, dann stand sie auf, nahm seinen Arm und ging weg. Das folgende Interview erhielt ich anschließend von Boyd Madras.

Als sie das Halbdunkel des vorderen Teils des Schiffes erreicht hatten, zog sie schnell ihre Hand weg, wandte sich zu ihm und sagte: „Wie heißt du?" Man hört nicht immer deutlich, wenn man da ist eingeführt."

Er verstand nicht, was sie vorhatte, aber er spürte die tödliche Kälte in ihrer Stimme. „Mein Name ist Ihnen bekannt", antwortete er. Er beruhigte sich.

„Nein, verzeihen Sie, ich weiß es nicht, denn ich kenne Sie nicht ... Ich habe Sie noch nie zuvor gesehen." Sie stützte ihre Hand achtlos auf das Schanzkleid.

Er war schockiert, aber er riss sich zusammen. Ihre Blicke waren aufeinander gerichtet. „Du kennst mich! Muss ich dir sagen, dass ich Boyd Madras bin?" „Boyd Madras", sagte sie und dachte kühl nach. „Ein eigenartiger Name."

„Mercy Madras war Ihr Name, bis Sie sich Mrs. Falchion nannten", drängte er empört, aber auch besorgt.

„Es passt zu Ihnen, geheimnisvoll zu sein, Mr. – ach ja, Mr. Boyd Madras; aber in Wirklichkeit sind Sie vielleicht weniger anspruchsvoll in Ihren Ansprüchen an die eigene Vorstellungskraft." Ihr Blick war wieder lässig auf ihn gerichtet.

Er sprach atemlos. „Gnade – Gnade – um Gottes willen, behandle mich nicht so! Oh, meine Frau, ich habe dir in jeder Hinsicht Unrecht getan, aber ich habe dich immer geliebt – liebe dich jetzt. Ich bin dir nur gefolgt, um dich um Verzeihung zu bitten." , nach all den Jahren habe ich dich in Colombo gesehen, kurz bevor du an Bord gekommen bist, und ich hatte das Gefühl, dass du mich nie geliebt hast, aber du weißt nicht, was ich leide Könnte mir eine Chance geben und mit mir nach Amerika kommen – wohin auch immer, und mich die Welt neu beginnen lassen? der Zweifel an seinem Leben und seinen Möglichkeiten.

Er lehnte sich gegen das Schanzkleid und machte eine hilflose, verzweifelte Handbewegung. „Nein, nein!" er sagte; und fügte mit einem bitteren Lachen hinzu: „Nicht um die Welt neu zu beginnen, sondern um sie so gewinnbringend und still wie möglich zu beenden ... Aber du wirst mir zuhören, meine Frau? Du wirst mir zumindest sagen, dass du mir das vergibst." Plage und Übel habe ich über dich gebracht?"

Sie hatte ihm äußerlich ungerührt zugehört. Ihre Antwort erfolgte sofort. „Du bist melodramatischer, als ich es dir zugetraut hätte – deinem Aussehen nach", sagte sie in einem harten Ton. „Ihre schauspielerische Leistung ist sehr gut, aber nicht überzeugend. Ich kann nicht so antworten, wie es zur Einheit und Abfolge des Stücks passen würde ... Ich habe keinen Ehemann. Mein Mann ist tot – ich habe ihn vor Jahren begraben. Ich habe seinen Namen vergessen – Das habe ich auch begraben.

All das Leid und die ertragene Verachtung der Jahre empörten sich in ihm. Er beugte sich jetzt vor und packte ihr Handgelenk. „Hast du kein menschliches Gefühl?" Er sagte: „Kein Herz in dir? Schau. Ich habe es plötzlich in mir, dich zu töten, während du stehst. Du hast meine Liebe in Hass verwandelt. Von deiner glatten Haut dort könnte ich diese Lumpen abziehen und sie alle anrufen." dich anzuschauen – meine Frau – die Frau eines Verbrechers; meine zu haben und zu halten – zu halten, hörst du! – wie es dir am Altar geschworen wurde, und du verspottest es, quälst es , mit deinem unsterblichen Hass und deiner Grausamkeit. Du hast kein Herz, kein Leben – all deine Kraft, die Menschen dazu zu bringen, dich zu lieben – alles andere, bei Gott, ist so grausam Grab!"

Seine Stimme war zu einem heiseren Flüstern versunken. Sie hatte nicht versucht, seine Hand zu entfernen, noch hatte sie sich im geringsten dagegen gewehrt; und einmal schien es, als ob diese neue Entwicklung seines Charakters, diese tierische Wildheit sie erobern würde: Sie bewunderte den Mut. Es war nicht so. Er zitterte vor Schwäche, bevor er fertig war. Er hörte zu früh auf; Er hat verloren.

„Es wird für Sie anstrengend sein, solche Rollen zu spielen", murmelte sie, als er ihren Arm fallen ließ. „Es braucht einen starken Körper, um übertriebene, nervöse Gefühle auszuhalten. Und jetzt lasst uns bitte weniger anstrengende Szenen spielen." Dann fuhr sie mit leiser, kalter Wut fort: „Es ist nur ein Feigling, der eine Frau verfolgt, die seine Anwesenheit für sie unerträglich findet. Diese Frau kann die Anwesenheit dieses Mannes nicht ertragen, wenn sie wollte; das liegt in ihrer Natur." Nun ja , warum stürzt sie

sich blindlings auf das Unmögliche? Der Mann kann daran nicht teilhaben –
niemals, niemals!

Er streckte protestierend seine Hand aus, die Finger vor Aufregung gespreizt.
„Nicht mehr – kein weiteres Wort!" er sagte. „Ich bitte um Vergebung, für
ein freundliches Wort – und mir wird Geld angeboten! Das Feuer, das mich
verbrannt hat, zum Essen, statt Brot! Ich hatte einmal eine Frau", fügte er in
einer Art unruhigem Traum hinzu und sah sie an wenn sie sehr weit weg
wäre, „und ihr Name war Mercy – ihr Name war Mercy – Mercy Madras
Also, denn ich hatte zu ihren Füßen gekniet und sie angebetet, aber sie
schickte mich wütend weg, sagte ich, und ich folgte ihr und fand sie als ich
Aber es war nicht sie, es war ein böser Geist in ihrem schönen Körper – und
dann wandte ich mich ab und verfluchte alles, weil ich wusste, dass ich meine
Frau nie wieder sehen würde. . Kannst du die Flüche nicht hören?"

Noch immer war sie ungerührt. Sie sagte mit grausamer Ungeduld in der
Stimme: „Ja, Mercy Madras ist tot. Wie kann sie dann vergeben? Was könnte
ihr Geist – wie Sie sie nennen – tun, außer das anzubieten, was ihr Mann –
als er noch lebte – liebte." so gut, dass er sich in die Knechtschaft verkaufte
und dafür seine und ihre Welt ruinierte – Nun, Geld steht ihm zur Verfügung,
wie sie zuvor sagte –"

Aber sie sprach nicht mehr. Der Mann in ihm brachte sie direkt mit einem
Blick zum Schweigen. Sie senkte den Kopf, doch nicht ganz beschämt, denn
da war etwas in ihren Augen, das sie so erscheinen ließ, als wäre sein Leiden
eine unnötige Zufügung. Aber in diesem Moment war er stärker und er zog
ihren Blick durch die bloße Kraft seines Willens nach oben. „Ich brauche
jetzt kein Geld", erklärte er kalt. „Ich brauche nichts – nicht einmal dich; und
kannst du dir vorstellen, dass Geld mich befriedigen würde, nachdem ich all
die Jahre auf diese Stunde gewartet habe? Weißt du", fuhr er langsam und
nachdenklich fort, „ich kann jetzt auf dich schauen – ja, In diesem Moment
– mit mehr Gleichgültigkeit, als du mir gegenüber jemals gezeigt hast?
schrecklich, dass selbst die eherne Schlange dich nicht heilen konnte. Dann
wirst du dich an mich erinnern.

Er wollte sie gerade verlassen, aber er hatte noch keine zwei Schritte gemacht,
als er sich umdrehte, der ganze Zorn und die Leidenschaft in seinen Augen
nachließen, und sagte, indem er seine Hand nach ihr ausstreckte, ohne sie zu
berühren: „Auf Wiedersehen – für das letzte Mal." Und dann war der Blick
so, als würde man ihn auf einen Henker richten, dem vergeben wurde.

„Gute Nacht", antwortete sie und blickte nicht in seine Augen, sondern aufs
Meer hinaus. Ihr Blick blieb auf die verstohlene Dunkelheit gerichtet. Auch
sie war in diesem Moment verstohlen und düster. Sie waren beide
geschmeidig, still und unbarmherzig. Ihr Kleid raschelte leicht, als sie ihre

Position änderte. Es passte düster zum erbarmungslosen Rauschen des Meeres.

Und so trennten sie sich. Ich sah, wie er sich auf den Niedergang zubewegte, und obwohl ich instinktiv spürte, dass ihm alles schlecht gegangen war, war ich überrascht, wie aufrecht er ging. Nach einer Minute näherte ich mich ihr. Sie hörte mich kommen und drehte sich plötzlich mit einem neugierigen Lächeln zu mir um. „Wer ist Herr Charles Boyd?" Sie fragte. „Ich habe seine Tarnung nicht durchbrochen. Ich konnte nicht sagen, ob ich ihn schon einmal an Bord getroffen hatte. Stimmte das? Aber ich habe den Eindruck, dass ich ihn auf dem Schiff nicht gesehen hatte."

„Nein, du hattest ihn nicht gesehen", antwortete ich. „Er hatte bis gestern Lust, mit den Passagieren der zweiten Klasse zu reisen. Jetzt hat er eine Kabine der ersten Klasse – und zwar an seinem richtigen Platz."

„Glauben Sie – an seinem richtigen Platz?" Der Vorschlag war nicht angenehm.

„Sicherlich. Warum sprichst du so?" war meine empörte Antwort.

Sie nahm meinen Arm, als wir weitergingen. „Weil er etwas unhöflich zu mir war."

Ich wurde mutig und beschloss, sie zu einer Abrechnung zu bewegen.

„Wie unhöflich warst du ihm gegenüber?"

„Überhaupt nicht unhöflich. Es lohnt sich nicht, so zu sein – für niemanden", war ihre kühle Antwort.

„Ich hatte den Eindruck, dass du ihn schon einmal getroffen hast", sagte ich ernst.

„In der Tat? Und warum?" Sie hob die Augenbrauen. Ich habe die Sache zum Abschluss gebracht. „Er war neulich krank – er hat Herzprobleme. Ich musste die Kleidung um seinen Hals öffnen. Auf seiner Brust sah ich ein kleines Elfenbeinporträt eines Frauenkopfes."

„Der Kopf einer Frau", wiederholte sie geistesabwesend und ihre Finger spielten müßig mit einem klingelnden Schmuckstück an ihrem Gürtel. In einem müßigen Moment hatte ich den Kopf, wie ich ihn in Erinnerung hatte, auf einem Blatt Papier skizziert, und nun nahm ich ihn aus meiner Tasche und reichte ihn ihr. Wir standen in der Nähe eines Bullauges des Musiksalons, aus dem Licht strömte.

„Das ist der Kopf", sagte ich.

Sie legte das Papier absichtlich in den Lichtgürtel und bemerkte beim Betrachten mechanisch: „Das ist der Kopf, nicht wahr?" Sie zeigte keine

Veränderung ihres Gesichtsausdrucks und gab es mir zurück, als hätte sie kein Abbild gesehen. „Es ist sehr interessant", sagte sie, „aber man könnte meinen, Sie könnten Ihre Zeit besser nutzen, als heimlich Porträts von den Brüsten kranker Männer zu zeichnen. Ich denke, man muss für so etwas viel Muße haben." Passen Sie auf, dass Sie keinen Unfug treiben, Dr. Marmion." Sie lachte. „Außerdem, wo war das Besondere an diesem Porträt, dass Sie es so konventionell mit Bleistift festgehalten haben? – Ihre Zeichnung ist nicht gut. – Wo war der Sinn oder Bedarf?"

„Ich habe kein Recht, direkt darauf zu antworten", antwortete ich. „Aber das Leben dieses Mannes ist nicht für die Ewigkeit, und wenn ihm etwas passieren würde, würde es Fremden merkwürdig erscheinen, das auf seiner Brust zu finden – denn natürlich würde es dort mehr sehen, als ich es sehen würde."

„Wenn etwas passiert ist? Was sollte passieren? Du meinst, an Bord des Schiffes?"
In ihrem Ton lag jetzt ein wenig Nervosität.

„Ich weise nur auf eine unangenehme Möglichkeit hin", antwortete ich.

Sie sah mich verächtlich an. „Wann hast du das Bild auf seiner Brust gesehen?" Ich sagte ihr. „Ah! vor DIESEM Tag?" sie kam zurück. Ich wusste, dass sie sich auf den Abend bezog, als ich törichterweise der Faszination ihrer Anwesenheit nachgegeben hatte. Das Blut schwamm heiß in meinem Gesicht. „Männer sind keine edlen Geschöpfe", fuhr sie fort.

„Ich fürchte, Sie würden vielen ihre Adelspatente nicht verleihen, wenn Sie die Macht hätten, sie zu verleihen", antwortete ich.

„Die meisten Menschen sind am Anfang und sehr oft auch danach unedle Geschöpfe. Dennoch würde ich die Patente des Adels verleihen, wenn es mein Vorrecht wäre; denn einige würden es schaffen, ihnen gerecht zu werden. Eitelkeit würde so viel bewirken. Eitelkeit ist es." das Geheimnis der Noblesse verpflichtet; nicht radikale Tugend – da wir wieder anfangen, buchstäblich zu sein."

„Worauf reduzieren Sie Ehre und Recht?" kehrte ich zurück.

„Wie ich Ihnen bei einem denkwürdigen Anlass gesagt habe", antwortete sie sehr trocken, „zu einem Code."

„Das heißt", entgegnete ich, „ein Mann tut eine gute Tat, führt ein ehrenhaftes Leben, um einem gesellschaftlichen Kanon zu genügen – sagen wir, um eine Frau oder Mutter zu befriedigen, die an ihn glaubt und ihn liebt?"

"Ja." Sie beobachtete, wie Belle Treherne mit ihrem Vater promenierte. Sie machte mich durch eine leichte Handbewegung darauf aufmerksam, aber warum, konnte ich nicht sagen.

„Aber könnte ein Mann nicht der gleichen Regel der Eitelkeit unterliegen?" Ich drängte. „Dass er in ihren Augen gut erscheint, dass wiederum ihre Eitelkeit genährt wird, könnte er nicht ein Verbrechen begehen und so Elend bringen?"

„Ja, es ist so oder so wahr – Vergnügen oder Elend. Bitte kommen Sie in den Saloon und holen Sie mir vor dem nächsten Tanz ein Eis."

Ich war ratlos. War sie völlig seelenlos? Selbst jetzt, als wir zwischen den Tänzern hindurchgingen, antwortete sie mit sichtlicher Freude auf Glückwünsche zu ihrem Make-up und ihrem Aussehen.

Eine Stunde später holte ich Belle Treherne vom Arm von Hungerford zum letzten Walzer ab und schüttelte als Antwort auf einen fragenden Blick von ihm traurig den Kopf. Sein Gesicht zeigte Besorgnis, als er wegging. Vielleicht befriedigte es meine Eitelkeit nicht, dass Belle Treherne, als ihr Vater beim Schlagen von acht Glocken vorwärts humpelte, um sie nach unten zu bringen, zu mir sagte: „Wie geradeheraus und gründlich Mr. Hungerford ist!" Aber ich gab offen zu, dass er alles war, was sie von ihm sagen konnte, und noch mehr.

Das Deck wurde schnell abgebaut, die Lichter gingen aus und alle Tänzer verschwanden. Die Maskerade war vorbei; und wieder erhob sich durch die Dunkelheit das klagende „Alles gut!" Und es klang so lange in meinen Ohren, bis es zu einem spöttischen Geräusch wurde, von dem ich mich danach sehnte, frei zu sein. Es war wie die Stimme von Lear, die über Cordelias Körper schrie: „Nie, nie, nie, nie, nie!"

Etwas von Hungerfords abergläubischen Gefühlen erfasste mich. Ich ging nach unten und machte mich unwillkürlich auf den Weg zu Boyd Madras' Hütte.

Obwohl die Nacht nicht heiß war, wurde die Tür angezogen. Ich tippte. Seine Stimme fragte sofort, wer da sei, und als ich es ihm erzählte und fragte, wie es ihm ginge, sagte er, er sei nicht krank und bat mich, morgen früh in seine Hütte zu kommen, wenn ich wollte. Ich versprach es und wünschte ihm eine gute Nacht. Er antwortete, und als ich mich von der Tür abwandte, hörte ich, wie er herzlich und ruhig die gute Nacht wiederholte.

Kapitel VII

DAS RAD KOMMT VOLLSTÄNDIG

Am nächsten Morgen stand ich früh auf und ging an Deck. Die Sonne war aufgegangen und in der feuchten Atmosphäre waren die Farbtöne von Himmel und Meer wunderschön. Überall wogte das warme Meer träge bis zum vagen Horizont. Ein paar Lascars waren immer noch damit beschäftigt, die Decks zu säubern; andere saßen auf ihren Hüften zwischen den Decks und aßen Curry aus einer Kalebasse; ein paar Passagiere aßen träge Orangen; und Stone, der Quartiermeister, inspizierte die kürzlich von den Lascars geleistete Arbeit. Stone wünschte mir einen angenehmen guten Morgen, und wir gingen gemeinsam die Länge des Decks entlang. Ich hatte etwa drei Viertel der Länge wieder zurückgelegt, als ich von hinten einen Schrei hörte – einen scharfen Ruf: „Mann über Bord!" Einen Augenblick später hatte ich das Zwischendeck erreicht, war am Heck und blickte nach unten, wo im wirbelnden Wasser der Kopf eines Mannes lag. Mit Rufen wie „Mann über Bord!" Ich warf zwei oder drei Bojen hinter dem verschwindenden Kopf her, über den sich ein bloßer Arm streckte. Ich hörte das Rauschen von Schritten hinter mir, und einen Augenblick später waren Hungerford und Stone neben mir. Das Signal zum Stoppen der Motoren wurde gegeben; Als Antwort auf Hungerfords Ruf kamen Stewards und Lascars an Deck gerannt, und nun erschien der Erste Offizier. Sehr bald versammelte sich eine Mannschaft auf dem Achterdeck um ein Boot an der Backbordseite.

Die Passagiere zeigten sich zu diesem Zeitpunkt in unterschiedlichen Anziehstadien – händeringende Frauen, gestikulierende Männer. Wenn es etwas gibt, das eine Menschenmenge in Ehrfurcht versetzt, dann ist es der Ruf „Mann über Bord!" Und als man nach unten schaute und über dem ertrinkenden Kopf zwei weiße Arme sah, die aus dem Meer hervorragten, wurde jedem von uns etwas Schreckliches vor Augen geführt. Außerdem war die Szene, die sich uns auf dem Deck bot, nicht gerade beruhigend. Es gab Probleme beim Absenken des Bootes. Der Erste Offizier war aufgeregt, die Lascars waren benommen, die Stewards waren in Eile, ohne zuversichtlich zu sein; nur Hungerford, Stone und der Schütze wurden eingesammelt. Das Boot hätte in einer Minute zu Wasser gelassen werden sollen, aber es hing immer noch zwischen seinen Davits; sein Weg nach unten wurde unterbrochen; irgendetwas stimmte nicht mit den Seilen, „Ein Fehlstart, von –!" sagte der Buchmacher und blickte durch sein Brillenglas. Colonel Ryders Gesicht war ernst, Clovelly war blass und ängstlich, als ein Augenblick nach dem anderen verging, und das Boot war noch nicht frei. Es schien Ewigkeiten zu vergehen, bis das Boot auch mit den Schanzkleidern zu Wasser gelassen wurde, und eine zehnköpfige Besatzung unter dem Kommando von Hungerford befand sich darin und war bereit, zu Wasser gelassen zu werden. Ob das Wort niedriger gegeben wurde oder ob jemandes Schuld daran lag, wird vielleicht nie bekannt werden; aber als das Boot dort hing, schoss es plötzlich am Heck herunter, weil jemand die Taue an diesem Ende losgelassen hatte; Und da der Bug noch fest war, war er wie eine Falltür heruntergefallen. Im selben Augenblick schien es, als ob die ganze Mannschaft ins Wasser geworfen würde; aber einige hatten es geschafft, sich an der Seite des Bootes festzuhalten, und Hungerford hing mit einer Hand an einem Seil. Im wirbelnden Wasser befanden sich jedoch rund um die Umkehrschraube zwei Köpfe, und weiter weg kämpfte ein Mann. Das Gesicht eines der Männer in der Nähe der Schraube war für einen Moment nach oben gerichtet; es war das von Stone, dem Quartiermeister.

Ein Schrei erklang von den Passagieren, und sie schwankten vorwärts zu dem schwebenden Boot; aber Colonel Ryder wandte sich fast brutal gegen sie. „Bleib ruhig!“ er sagte. „Zurücktreten! Was können Sie tun? Geben Sie den Beamten eine Chance.“ Er wusste, dass es einen Fehlstart gegeben hatte und dass es tatsächlich eine schlechte Arbeit gewesen war; Er sah aber auch, dass die Aufgabe der Offiziere nicht erschwert werden dürfe. Seine Strenge zeigte Wirkung. Die aufgeregten Passagiere wichen zurück und ich nahm seinen Platz vor ihnen ein. Als der erste Versuch unternommen wurde, das Boot zu Wasser zu lassen, fragte ich den Ersten Offizier, ob ich die Besatzung begleiten dürfe, aber er verneinte. Ich konnte also nichts anderes tun, als abzuwarten. In der Menge kam es zu einer Veränderung. Es wurde schmerzlich still, niemand sprach außer im Flüsterton, und alle beobachteten mit besorgten Gesichtern entweder die im Wasser verschwindenden Köpfe oder die Besatzung des unglücklichen Bootes. Hungerford erwies sich als gründlicher Seemann. Am Davit hängend, gab er ruhig und beruhigend den Befehl, das Boot wieder aufzurichten, und nahm dem Ersten Offizier, der vor Nervosität zitterte, praktisch das Kommando ab. Hungerford hatte recht; Die Tage dieses Mannes als Seemann waren vorbei. Der Unfall, den er erlitten hatte, hatte ihm trotz seiner Standhaftigkeit die Nerven gebrochen. Aber Hungerford war so cool, als wäre dies eine gewöhnliche Bootsübung. Bald wurde das Boot wieder hochgezogen, und andere nahmen den Platz der Verschwundenen ein. Dann wurde es sicher abgesenkt und mit aufgerichteter Hungerford im Bug schnell den Weg entlanggezogen, den wir gekommen waren.

Schließlich drehte sich auch das große Schiff um, aber nicht in Bewegung. Es ist eine angenehme Fiktion, dass diese großartigen Dampfer leicht zu steuern sind. Sie können geradeaus fahren, ihre riesigen Proportionen sind jedoch nicht für schnelle Bewegungen geeignet. Die Rettungsarbeiten wurden jedoch begonnen. Die Matrosen hielten Wache, Kapitän Ascott war auf der Brücke und fegte mit seinem Glas über das Meer; Die Ordnung wurde wiederhergestellt. Aber das Schiff hatte das Gefühl, ein Zuhause zu sein, aus dem ein vertrauter Insasse genommen worden war, um nicht mehr zurückzukehren. Kinder fassten die Hände ihrer Mütter und sagten: „Mutter, war es der arme Quartiermeister?" und Männer, die am Tag zuvor bei der Vorbereitung der Kostüme Hilfe von den Unteroffizieren erhalten hatten, sagten traurig: „Fife, der Schütze, war einer von ihnen."

Aber wer war der erste, der über Bord ging – und wer war der erste, der Alarm schlug? Es gab Gerüchte, aber niemand war sich sicher. Plötzlich fiel mir etwas Seltsames in dem Ruf „Mann über Bord!" ein. und es hat mich schockiert. Ich eilte nach unten und ging zur Hütte von Boyd Madras. Es war leer; aber auf einem Regal lag ein großer Umschlag, adressiert an Hungerford und mich. Ich habe es aufgerissen. Es gab ein kleines Päckchen, von dem ich wusste, dass es das Porträt enthielt, das er an seiner Brust getragen hatte, adressiert an Frau Falchion; und das andere war ein einzelnes Blatt, das an mich gerichtet war, vollständig beschrieben und in der Ecke mit der Aufschrift „Zur Veröffentlichung" versehen war.

Er war also aus dem Stück verschwunden? Er hatte seinen Abgang geschafft? Er hatte den Kodex endlich erfüllt? Bevor ich den an mich adressierten Brief öffnete, schaute ich mich um. Seine Kleidung lag zusammengefaltet auf einer der Kojen; aber die Maskenkostüme befanden sich nicht in der Kabine. War er dann im Gewand eines Mummers von der Welt gegangen? Nicht ganz, denn der falsche Bart, den er am Abend zuvor getragen hatte, lag neben der Kleidung. Aber dieser schreckliche Ernst von ihm würde in der Verkleidung der letzten Nacht seltsam aussehen.

Ich öffnete das an Hungerford und mich gerichtete Paket und sah, dass es einen vollständigen und detaillierten Bericht über sein letztes Treffen mit seiner Frau enthielt. Der persönliche Brief war kurz. Er sagte, seine Dankbarkeit sei unaussprechlich und müsse es nun für immer sein. Er flehte uns an, der Welt nicht zu verraten, wer er war und auch nicht, in welcher Beziehung er zu Frau Falchion stand, es sei denn, sie wollte es; Er bat mich, ihr das Päckchen mit ihrem Namen privat zu übergeben. Schließlich beantragte er, dass das Papier für die Öffentlichkeit dem Kapitän der „Fulvia" übergeben werde.

Als ich in den Gang hinausging, traf ich auf einen Steward, der mir eilig erzählte, dass er Boyd Madras kurz vor der Alarmierung in diesem seltsamen Kostüm, das er für einen Schlafrock hielt, nach achtern gehen sah, und er sei gekommen, um nachzusehen, ob das der Fall sei, zufällig war er es, der es übertrieben hatte. Ich sagte ihm, dass es so sei. Er verschwand und bald wusste das ganze Schiff es. Ich ging zum Kapitän, gab ihm den Brief und erzählte ihm nur das Nötigste. Er befand sich auf der Brücke und war damit beschäftigt, Anweisungen zu geben, also fragte er mich nach dem Inhalt des Briefes, gab ihn mir zurück und bat mich, bald eine Kopie davon anzufertigen und ihn in seiner Kabine zu lassen. Dann nahm ich alle Papiere mit in meine Kabine und schloss sie ein. Ich gebe hier den Inhalt des Briefes wieder, der veröffentlicht werden sollte:

> Weil Sie wissen, wie sehr ich an Bord dieses Schiffes körperlich gelitten habe, und weil Sie freundlich zu mir waren, möchte ich durch Sie mein letztes Wort an die Welt richten: Auch wenn dies in der Tat eine seltsame Form sein mag Dankbarkeit zu nehmen. Sterbende Männer entschuldigen sich jedoch kaum, und ich werde keine entschuldigen. Meine Existenz ist, wie Sie wissen, eine ungewisse Größe und kann im normalen Lauf der Dinge jederzeit unterbrochen werden. Aber ich habe in den aktiven Belangen des Lebens keine Zukunft; keine Vergangenheit, in der man zufrieden verweilen könnte; keine Freunde, die um mein Unglück im Leben trauern könnten, noch um meinen Tod, sei er friedlich oder gewaltsam; Daher habe ich weniger Bedenken, eine fehlerhafte Karriere und ein wertloses Leben zu beenden.
>
> Jemand wird von meinem Tod profitieren: Wer es ist, spielt keine Rolle, denn es ist kein Freund von mir. Mein Tod bringt ein Gleichgewicht ins Gleichgewicht, vielleicht nicht gut, aber er tut es. Und das ist alles, was ich zu sagen habe. . . . Ich gehe. Lebewohl. . . .

Nach einer kurzen Verabschiedung fügte ich noch das Abonnement „Charles Boyd" hinzu; und das war alles. Warum er schrie: „Mann über Bord" (denn jetzt erkannte ich, dass es seine Stimme war, die den Alarm auslöste), weiß ich nicht, außer dass er wünschte, dass sein Leichnam geborgen und beerdigt würde.

Gerade hier kam jemand und fummelte am Vorhang meiner Kabine herum. Ich hörte ein Keuchen – „Doktor – mein Kopf! schnell!"

Ich habe rausgeschaut. Als ich den Vorhang zuzog, fiel ein wertloser Lascar-Seemann ohnmächtig in meine Kabine. Er hatte viel getrunken und der Schrecken und die Aufregung des Unfalls hatten einen Schlaganfall ausgelöst. Dies ist in einem sehr heißen Klima plötzlich tödlich. Innerhalb von drei Minuten war er gegen meinen Willen tot. Ich verschob den Bericht über die Angelegenheit und ging wieder an Deck unter die Passagiere.

Ich erwartete, dass Frau Falchion unter ihnen sein würde, denn die Nachricht musste jeden Teil des Schiffes erreicht haben; aber sie war nicht da. Am Rande einer der Gruppen sah ich jedoch Justine Caron. Ich ging zu ihr und fragte sie, ob Frau Falchion aufgestanden sei. Sie sagte, dass dies nicht der

Fall sei: Man habe ihr von der Katastrophe erzählt und sie sei schockiert gewesen. hatte aber über Kopfschmerzen geklagt und war nicht aufgestanden. Dann fragte ich Justine, ob Frau Falchion gesagt worden sei, wer der Selbstmord sei, was ich verneinte. In diesem Moment kam eine Dame zu mir und flüsterte voller Ehrfurcht: „Dr. Marmion, stimmt es, dass der Mann, der Selbstmord begangen hat, ein Passagier zweiter Klasse war und dass er letzte Nacht auf dem Ball erschienen ist und mit Mrs. getanzt hat?" .Falchion?"

Ich wusste, dass meine Antwort bald Allgemeingut werden würde, also sagte ich:

„Er war ein Passagier der ersten Klasse, obwohl er bis gestern in der zweiten Klasse reiste. Ich kannte ihn. Sein Name war Charles Boyd. Ich habe ihn gestern Abend Mrs. Falchion vorgestellt, aber er blieb nicht lange an Deck, weil er fühlte krank. Er hatte Herzprobleme. Man kann vermuten, dass er des Lebens überdrüssig war. Dann erzählte ich ihr von der Zeitung, die für die Öffentlichkeit bestimmt war, und sie verließ mich.

Die Suche nach den Unglücklichen ging weiter. In der Nähe der schwimmenden Bojen, die hier und da von Hungerfords Boot aufgegriffen wurden, war niemand zu sehen. Die langen Wellen des Wassers waren in einem großen Bereich um das Schiff herum gebrochen, aber die See war immer noch vergleichsweise glatt. Wir dampften den Weg zurück, auf dem wir gekommen waren. An Bord herrschte weniger Aufregung als erwartet. Die tropische Stille der Luft, die stille Plötzlichkeit der Tragödie selbst, die grimmige Entschlossenheit von Hungerford, das wachsame Schweigen einiger Männer wie Colonel Ryder und Clovelly wirkten sich sogar auf die Emotionen jener Frauen aus, die überall zu finden sind und denen eine … krankhafter Genuss aus dem Elend.

Fast alle beobachteten das Rettungsboot, einige blickten jedoch über die Seiten des Schiffes, als erwarteten sie herumtreibende Leichen. Stattdessen sahen sie Haie und eine Blutspur, was sie erschöpft von den Bollwerken wegtrieb. Dann richteten sie ihre Aufmerksamkeit wieder auf die Rettungsmannschaft. Es war unmöglich, nicht zu bemerken, was für eine gute Figur Hungerford machte, als er aufrecht im Bug stand, die Hand über den Augen, und das Wasser absuchte. Plötzlich sahen wir, wie er das Boot anhielt, und etwas wurde hineingezogen. Er gab dem Schiff ein Zeichen. Er hatte einen Mann gefunden – aber tot oder lebendig? Das Boot wurde schnell zum Schiff zurückgerudert, und Hungerford bemühte sich um Wiederbelebung. Am Schiff angekommen wurde mir die Leiche übergeben.

Es war das von Stone, dem Quartiermeister. Ich habe daran gearbeitet, das Leben zurückzubringen, aber es hatte keinen Erfolg. Eine Minute später signalisierte ein Mann im Hof, dass er einen anderen sah. Es war keine hundert Meter entfernt und schwebte nahe der Oberfläche. Es war ein seltsamer Anblick, denn das Wasser war leuchtend grün, und der Mann trug weiße und scharlachrote Gewänder und sah aus wie ein Teil eines seltsamen Mosaiks: Man hat erstaunliche Figuren gesehen, die in Kugeln aus massivem Glas eingelassen waren. Diese im Meer eingerahmte Figur war Boyd Madras. Dem Boot wurde ein Signal gegeben, es näherte sich und zwei Männer zerrten die Leiche hinein, als ein Hai nach vorne schoss, einfach zu spät, um sie zu ergreifen. Das Boot fuhr neben der „Fulvia" her. Ich stand an der Gangway, um diesen Schiffbrüchigen zu empfangen. Ich fühlte sein Handgelenk und sein Herz. Dabei blickte ich zufällig zu den Passagieren hoch, die diese schmerzhafte Szene vom Oberdeck aus beobachteten. Dort, über das Geländer gebeugt, stand Frau Falchion, ihre Augen starrten mit schockierender Verwunderung auf die herabhängende, seltsame Gestalt. Ihre Lippen öffneten sich, aber zunächst gaben sie keinen Laut von sich. Dann richtete sie sich plötzlich schaudernd auf. „Schrecklich! schrecklich!" sagte sie und wandte sich ab.

Ich ließ Boyd Madras in eine leere Hütte neben meiner bringen, die ich für Operationen nutzte, und dort arbeiteten Hungerford und ich daran, ihn wiederzubeleben. Wir ließen niemanden in die Nähe kommen. Ich hatte nicht viel Hoffnung, das Leben zurückzubringen, aber dennoch arbeiteten wir mit einer Art Verzweiflung, denn Hungerford und ich hatten den Eindruck, dass wir irgendwie gegenüber der Menschheit für ihn verantwortlich waren. Sein Herz war schwach gewesen, aber es hatte keine organischen Probleme gegeben: nur eine Funktionsstörung, die das Leben an der frischen Luft und die Freiheit von Ängsten vielleicht hätten überwinden können. Hungerford arbeitete mit geradezu grimmiger Beharrlichkeit. Einmal sagte er: „Bei Gott, ich werde ihn zurückbringen, Marmion, um sich dieser Frau zu stellen, wenn sie denkt, sie hätte die Welt auf den Kopf gestellt!"

Ich kann nicht sagen, welche Freude wir empfanden, als ich nach kurzer Zeit ein Zittern der Augenlider und eine leichte Bewegung der Brust sah. Plötzlich kam ein längerer Atemzug und die Augen öffneten sich; zunächst ohne Anerkennung. Dann, nach wenigen Augenblicken, wusste ich, dass er in Sicherheit war – verzweifelt gegen seinen Willen, aber in Sicherheit.

Seine ersten empfindungsfähigen Worte erschreckten mich. Er schnappte nach Luft. „Glaubt sie, ich sei ertrunken?"

"Ja."

„Dann muss sie das auch weiterhin tun!"

"Warum?"

„Weil" – hier sprach er leise, als hätte plötzliche Angst zusätzliche Schwäche erzeugt – „weil ich lieber tausend Tode gestorben wäre, als sie jetzt zu treffen;

weil sie mich hasst. Ich muss die Welt neu beginnen. Du hast mein Leben davor gerettet." Mein Wille: Ich verlange, dass du diesem Leben seine einzige Chance auf Glück gibst.

Als mir seine Worte kamen, erinnerte ich mich mit einem Schrecken an den toten Lascar, und als ich Hungerford zu meiner Kabine führte, zeigte ich auf die Leiche und flüsterte, dass der Tod des Seemanns nur mir bekannt sei. „Dann ist dies die Leiche von Boyd Madras, und wir werden sie für ihn begraben", sagte er schnell und direkt. „Melden Sie diesen Tod nicht Kapitän Ascott – er würde nur Einwände gegen die Idee erheben. Dieser Lascar war in meiner Wache. Es wird angenommen, dass er bei dem Unfall mit dem Boot über Bord gefallen ist. Vielleicht findet eines Tages die Beerdigung dieses Niggers statt." eine Sensation und Überraschung für Ihre gesegnete Ladyschaft an Deck."

Ich meinte, dass es hinterlistig und unprofessionell wirkte, aber die flehenden Worte des wiederbelebten Mannes im Nebenzimmer überwanden meine Einwände.

Es wurde vereinbart, dass Madras in der jetzigen Hütte bleiben sollte, von der ich einen Schlüssel hatte, bis wir Aden erreichten; dann sollte er mit Hungerfords Hilfe verschwinden.

Wir waren Verschwörer, aber wir wollten niemandem Schaden zufügen. Ich verhüllte das Gesicht des toten Lascar und wickelte ihn mit dem scharlachroten und goldenen Tuch um, das Madras getragen hatte. Dann holte ich einen Matrosen, der annahm, Boyd Madras sei vor ihm gewesen, und der Körper wurde bald in sein zerschossenes Leichentuch eingenäht und dorthin getragen, wo Stone, der Quartiermeister, lag.

An diesem Tag kann ich mir nicht vorstellen, dass ich diese Dinge tun würde, aber dann schien es mir richtig, zu tun, was Madras wünschte: Er sollte unter einem neuen Namen ein neues Leben beginnen.

Nachdem ich Anweisungen für die Entsorgung der Leichen gegeben hatte, ging ich an Deck. Frau Falchion war immer noch da. Jemand sagte zu ihr: „Kannten Sie den Mann, der Selbstmord begangen hat?"

„Er wurde mir letzte Nacht von Dr. Marmion vorgestellt", antwortete sie und schauderte erneut, obwohl ihr Gesicht keine bemerkenswerte Emotion zeigte. Sie hatte einen Schock für die Sinne erlitten, nicht für das Herz.

Als ich zu ihr an Deck kam, sagte Justine gerade zu ihr: „Madame, Sie hätten nicht kommen sollen. Sie sollten nicht so schmerzhafte Dinge sehen, wenn es Ihnen nicht gut geht."

Darauf antwortete sie nicht. Sie sah zu mir auf und sagte: „Eine seltsame Laune, in diesen fantasievollen Lumpen zu sterben. Es ist schrecklich anzusehen; aber er hatte den Mut."

Ich antwortete: „Sie haben genauso viel Mut, die Menschen dazu bringen, solche Dinge zu tun und dann weiterzuleben."

Dann sagte ich ihr kurz, dass ich das Päckchen für sie aufbewahrte, dass ich erraten hatte, was darin war, und dass ich es ihr später geben würde. Ich sagte auch, dass er mir das Protokoll des Treffens mit ihr gestern Abend geschrieben und einen Brief hinterlassen habe, der veröffentlicht werden sollte. Während ich diese Dinge sagte, gingen wir über das Deck, und da die Augen auf uns beide gerichtet waren, versuchte ich, nichts Ungewöhnlicheres zu zeigen, als die bloße Tragödie erklären könnte.

„Nun", sagte sie mit einer merkwürdigen Kälte, „welchen Nutzen sollen Sie aus Ihrem Spezialwissen ziehen?"

„Ich beabsichtige", sagte ich, „seinen Wunsch zu respektieren und Ihre Beziehung zu ihm geheim zu halten, sofern Sie nichts anderes erklären."

„Das ist vernünftig. Wenn er immer so vernünftig gewesen wäre! Und", fuhr sie fort, „ich möchte nicht, dass die Beziehung bekannt wird: Praktisch gibt es keine … Oh! oh!" Sie fügte mit einem plötzlichen Wechsel in ihrer Stimme hinzu: „Warum hat er getan, was er getan hat, und alles andere unmöglich gemacht – unmöglich! Dr. Marmion.

Die letzten paar Worte wurden offensichtlich mit Gefühl gesprochen, aber ich wusste, dass sie am meisten an sich selbst dachte, und ich verließ sie wütend.

Ich sah sie erst wieder zu der Stunde an diesem Nachmittag, als wir die Leichen der beiden Männer dem Meer übergeben sollten. Für den Schützen Fife und den Matrosen Winter konnte kein Leichentuch vorbereitet werden, deren Leichen kein christliches Begräbnis hatten, sondern von der eifrigen See verschluckt wurden und nicht einmal für ein paar Stunden aufgegeben werden konnten. Wir dampften jetzt weit über den Ort hinaus, an dem sie verloren gegangen waren.

Die Beerdigung war ein beeindruckender Anblick, wie es bei Seebestattungen meist der Fall ist. Die einsamen Gewässer, die sich bis zum Horizont erstreckten, trugen dazu bei. Es lag eine melancholische Majestät in der Zeremonie.

Das Läuten der Glocke hatte aufgehört. Kapitän Ascott saß an seiner Stelle an der Spitze der unhöflich drapierten Bahre. In der Stille hörte man nur das Rauschen des Wassers an der Seite der „Fulvia", während wir in Richtung Aden rasten. Die Menschen wissen nicht, wie schön und kraftvoll der

Bestattungsgottesdienst im Buch des gemeinsamen Gebets ist, der ihn nur von einem Geistlichen rezitiert gehört hat. Es von einem zähen Mann lesen zu hören , dessen Leben von harten Pflichten geprägt ist, bedeutet, einen neuen Eindruck zu gewinnen. Er kennt nichts von lethargischer Monotonie; er interpretiert, während er liest. Und wenn der Mann der selbstgefällige Kapitän eines Schiffes ist und die armselige Hülle von jemandem vor sich sieht, der ihm zehn Jahre lang gedient hat: „Der Herr hat gegeben und der Herr hat genommen; Gepriesen sei der Name des Herrn." hat eine seltsame Bedeutung. Nur Männer, die den Schock der Mühsal und der Gefahr ertragen und den Schlägen der Welt widerstanden haben, sind in der Lage, das letzte Wort über diejenigen zu sagen, die im Sturm untergegangen sind oder in den feurigen Streitwagen der Pflicht versetzt wurden.

Die Motoren blieben plötzlich stehen. Der Effekt war seltsam. Kapitän Ascotts Finger zitterten, und er hielt einen Moment inne und schaute auf die Toten herab, dann voller Trauer auf das wartende Meer hinaus, bevor er die Worte sprach: „Wir überlassen ihre Körper daher der Tiefe." Aber in dem Moment, in dem sie ausgesprochen wurden, wurde die Bahre angehoben, es gab einen schnellen Sturz, und nur die Flagge und die leeren Bretter waren übrig. Das Schluchzen der Frauen schien jetzt fast unnatürlich; denn um uns herum war das helle Sonnenlicht, die bunten Kleider der Lascars, der Klang der Glocke, die die Stunden schlug, und Kinder, die auf dem Deck spielten. Das Schiff fuhr weiter.

Und Frau Falchion? Als die Beerdigung verlesen wurde, hatte sie gestanden und nicht auf die Bahre geschaut, sondern direkt aufs Meer hinaus, ruhig und scheinbar teilnahmslos, obwohl, wie sie dachte, ihr Mann beerdigt wurde. Als jedoch der beschwerte Körper das Wasser mit einem schwingenden Geräusch teilte, wurde ihr Gesicht plötzlich feucht, als hätte sie Scham berührt oder wäre ihr eine demütigende Idee gekommen. Aber sie wandte sich fast sofort an Justine und sagte bald darauf ruhig: „Bring ein Stück von Molière mit und lies es mir vor, Justine."

Ich hatte das Paket, das ihr angeblich toter Mann für sie hinterlassen hatte, in meiner Tasche. Ich gesellte mich zu ihr, und wir schritten auf dem Deck auf und ab, ohne zunächst etwas zu sagen, während sich die Passagiere zerstreuten, einige unten, einige in die Raucherzimmer, einige auf Liegestühlen, um den Rest des entspannten Nachmittags zu dösen. Die Welt hatte wieder ihren geordneten Lauf genommen. Schließlich nahm ich in einer unbewohnten Ecke des Decks das Päckchen aus meiner Tasche und reichte es ihr. "Du verstehst?" Ich fragte.

„Ja, ich verstehe. Und nun, darf ich Sie darum bitten, dass Sie für den Rest Ihres natürlichen Lebens nicht mehr darüber sprechen werden?

„Mrs. Boyd Madras", sagte ich (hier wurde sie empört), „entschuldigen Sie, dass ich den Namen verwende, aber es ist nur dieses eine Mal – ich werde nie wieder mit Ihnen oder sonst jemandem über die Angelegenheit sprechen." es sei denn, es liegt ein schwerwiegender Grund vor."

Wir gingen wieder schweigend weiter. Als wir an der Kapitänskajüte vorbeikamen, sahen wir eine Reihe von Herren, die sich um die Tür versammelten, während andere drinnen waren. Wir hielten inne, um herauszufinden, was der Vorfall war. Kapitän Ascott las den Brief, den Boyd Madras veröffentlicht haben wollte. (Ich hatte es ihm kurz vor der Beerdigung gegeben, und er tat so, als ob Boyd Madras wirklich tot wäre – er wusste überhaupt nichts von unserer Verschwörung.) Ich wollte gerade weitergehen, aber Mrs. Falchion berührte meinen Arm. „Warte", sagte sie. Sie stand da und hörte sich den Brief an. Dann gingen wir weiter, dachte sie. Da sagte sie: „Es ist schade – schade."

Ich sah sie fragend an, aber sie gab keine Erklärung für die rätselhaften Worte. Aber in diesem Moment, als sie Justine warten sah, entschuldigte sie sich, und bald sah ich, wie sie Moliere zuhörte. Später am Tag sah ich sie mit Miss Treherne reden, und es fiel mir auf, dass sie noch nie so schön ausgesehen hatte wie damals, und dass Miss Treherne noch nie so perfekt aus einer guten Konvention hervorgegangen war. Aber wenn man sie zusammen betrachtete, hätte jemand, der ein gutes Leben geführt hatte, niemals zwischen den beiden zögern können. Mir war klar, dass Frau Falchion darauf aus war, dieses Mädchen zu erobern, das ihr so behutsam widerstand; und Belle Treherne hat mir seitdem erzählt, dass sie sich unwiderstehlich zu ihr hingezogen fühlte, als sie in ihrer Gegenwart war und ihr zuhörte; obwohl sie gleichzeitig erkannte, dass es in ihrer Natur einen erheblichen Mangel gab; eine Härte, die für niemanden unmöglich war, der jemals Liebe gekannt hatte. Sie erzählte mir auch, dass Frau Falchion bei dieser Gelegenheit meinen Namen nicht erwähnte und auch nie in ihrem Bekanntenkreis erwähnte, es sei denn auf die beiläufigste Art und Weise. Ihr Gespräch mit Miss Treherne war immer weit entfernt von kleinlichem Klatsch oder dieser klugen Komödie, in der einige Frauen viel persönliche Geschichte erzählen, unter dem Deckmantel von Schimpferei und hellem Zynismus. Ich gestehe allerdings, dass es mir damals unangenehm auffiel, dass dieses frische, hochherzige Wesen in einem vertrauten Gespräch mit einer Frau war, die, wie es mir schien, die Inkarnation der Grausamkeit war.

Frau Falchion beteiligte sich großzügig an der Spende für die Kinder des Quartiermeisters und großzügig an der Spende für die Mannschaft, die unter Hungerford die Rettungsarbeiten durchgeführt hatte. Der einzige Effekt davon bestand darin, den Glauben zu vertiefen, dass sie sehr wohlhabend war und ihr Geld ungekünstelt ausgeben konnte; denn es fiel auf, dass sie zum Zeitpunkt der Katastrophe von allen an Bord die geringste äußere

Aufregung zeigte. Mir kam der Gedanke, dass ich ein- oder zweimal gesehen hatte, wie ihr Blick neugierig und nicht frei von Abneigung auf Hungerford gerichtet war. Es war etwas hinter ihrem üblichen Gleichmut. Ihre intuitive Beobachtung hatte sie dazu gebracht, seine Hand in den jüngsten Ereignissen zu verfolgen. Dennoch weiß ich, dass sie ihn auch für sein mutiges Verhalten bewunderte. Am Tag nach der Tragödie saßen wir beim Abendessen. Der Kapitän und die meisten Offiziere waren aufgestanden, aber Frau Falchion, die zu spät gekommen war, aß immer noch, und auch ich blieb sitzen. Hungerford kam auf mich zu und entschuldigte sich für die Unterbrechung. Er bemerkte, dass er auf die Brücke gehen würde und wollte mir vorher noch etwas sagen. Es handelte sich um eine offizielle Angelegenheit, auf die Frau Falchion offenbar nicht hörte. Als er sich gerade abwenden wollte, verneigte er sich ziemlich distanziert vor ihr; aber sie sah zu ihm auf und sagte mit einem zweideutigen Lächeln:

„Herr Hungerford, wir respektieren oft mutige Männer, die wir nicht mögen."

Dann verstand er sie, weigerte sich jedoch, das Kompliment anzuerkennen, und antwortete nicht ganz unhöflich: „Und ich könnte das Gleiche von Frauen sagen, Frau Falchion; aber es gibt viele Frauen, die wir nicht mögen und die nicht mutig sind."

„Ich glaube, ich könnte einen tapferen Mann erkennen, ohne seine Tapferkeit zu sehen", drängte sie.

„Aber ich bin ein tollpatschiger Seemann", entgegnete er, „der nur seinen Augen traut."

„Du bist noch jung", antwortete sie.

„Morgen werde ich älter sein", erwiderte er.

„Nun, vielleicht werden Sie es morgen besser sehen", erwiderte sie mit lässiger Ironie.

„Wenn ich das tue, werde ich es anerkennen", fügte er hinzu. Dann lächelte mich Hungerford unergründlich an. Wir beide hatten ein seltsames Geheimnis.

KAPITEL VIII

EINE BRÜCKE DER GEFAHR

Es gibt wohl kein schöneres Erlebnis, als eines schönen Morgens im Hafen von Aden aufzuwachen – dort ist es immer schön – und den ersten Eindruck von dieser mächtigen Festung mit ihren tausend eisernen Augen zu gewinnen, die in tiefer Ruhe am Arabischen Meer liegt. Über ihnen war die wolkenlose Sonne und überall der zitternde Glanz einer sandigen Küste und die cremige Flut des Meeres, wie verschmelzende Opale. Eine winzige mohammedanische Moschee stand anmutig dort, wo das Meer fast ihre Stufen umspülte, und das Haus des Bewohners, weit oben auf dem harten Hügel, blickte mit grüner Kühle auf den Hafen hinunter. Der Ort hatte einen gewaltigen, kriegerischen Charakter. Hier war eine Batterie mit Erdarbeiten; dort eine Festung; dahinter ein Signalstab. Krankenhäuser, Hotels und Geschäfte waren im Bilde Vorfälle. Hinter der Bergmauer und dem hohen Jebel Shamsan, der sich in feinem Rosa und Bronze erhob, und am Ende eines von hohen Mauern umgebenen Pfades zwischen den großen Hügeln, lag die eigentliche Stadt Aden. Über der Stadt befanden sich wiederum die mächtigen Tanks, die aus Felsspalten in den Bergen entstanden und zu der Zeit erbaut wurden, als die Phönizier Aden zu einem großen Markt machten, dem reichsten Ort in ganz Arabien.

Links, auf der gegenüberliegenden Seite des Hafens, standen breite Bungalows, die in der Sonne glänzten, und an der Seite des alten Aquädukts befand sich das riesige Grab eines arabischen Scheichs. Im Hafen befanden sich die Kriegsschiffe aller Nationen, und langsam fuhren arabische Dhaus ein, beladen mit Pilgern nach Mekka – Massen malerischer Trägheit und Schmutz – und auch Krankheiten; denn mehr als ein Schiff wehte unter der gelben Flagge. Während wir hinsahen, betrat ein britisches Kriegsschiff im rosigen Licht die Tore des Hafens. Dabei handelte es sich um die Rückführung von Kriegsversehrten und Verwundeten aus einer Schlacht, in der eine Handvoll britischer Soldaten in einem unbekannten Land das Dreißigfache ihrer Zahl bestrafen sollte. Aber es gab noch ein anderes Kriegsschiff im Hafen, das wir kannten. Wir kamen weit draußen am Indischen Ozean vorbei. Erneut passierte es uns und erreichte Aden vor uns. Die „Porcupine" lag nicht weit von der „Fulvia" entfernt, und als ich mich über das Schanzkleid beugte und sie müßig ansah, schoss ein Boot von ihrer Seite weg und kam auf uns zu. Als es näher kam, sah ich, dass es mit Gepäck gefüllt war – das eines Marineoffiziers, wie ich wusste. Als die Matrosen es hochzogen, bemerkte ich, dass die Initialen auf den Koffern „GR" lauteten. Der Besitzer war offensichtlich ein Offizier, der auf Urlaub nach Hause ging, oder ein Invalide. Es ging mich jedoch nichts an, wie ich dachte, und ich wandte mich ab, um nach Mr. Treherne zu suchen, damit ich mein

Versprechen erfüllen konnte, seine Tochter und Mrs. Callendar zum allgemeinen Friedhof in Aden zu begleiten; denn ich wusste, dass er für die Reise nicht geeignet war, und nichts hinderte mich daran, zu gehen.

Ein paar Stunden später stand ich mit Miss Treherne und Mrs. Callendar auf dem Friedhof neben der Festungsmauer und legte Kränze aus künstlichen Blumen und ein oder zwei natürlichen Rosen – einen Zufallskauf in einem Geschäft am Hafen – auf das Grab der Jungen Journalist. Miss Treherne hatte einige Skizzenmaterialien mitgebracht, und wir beide (denn wie vermutet wurde, hatte ich eine leichte Begabung zum Zeichnen) machten Skizzen der Grabstätte. Nachdem wir das getan hatten, machten wir uns auf den Weg zu anderen Teilen des Friedhofs und betrachteten die Grabsteine, von denen viele traurige Geschichten über diejenigen erzählten, die weit weg von Zuhause und Freunden starben. Als wir weitergingen, bemerkte ich eine Frau, die neben einem Grab kniete. Mir wurde klar, dass die Figur bekannt vorkam. Plötzlich sah ich, wer es war, denn das Gesicht hob sich. Ich entschuldigte mich, ging zu ihr und sagte: „Miss Caron, Sie sind in Schwierigkeiten?"

Mit Tränen in den Augen schaute sie auf und deutete auf den Grabstein. Darauf habe ich gelesen:

Heilig zum Gedenken an
HECTOR CARON, Fähnrich der französischen Marine.

Errichtet von seinem Freund Galt Roscoe,
HBMN

Darunter befand sich die einfache Zeile:

„Warum, was hat er Böses getan?"

„Er war dein Bruder?" Ich fragte.

„Ja, Monsieur, mein einziger Bruder." Ihre Tränen flossen langsam.

„Und Galt Roscoe, wer war er?" fragte ich.

Trotz ihrer Trauer war ihr Gesicht beredt. „Ich habe ihn nie gesehen – nie gekannt", sagte sie. „Er hat meinen armen Hector vor viel Leid gerettet; er hat ihn gepflegt und ihn hier begraben, als er starb, und dann – das!" zeigt auf den Grabstein. „Er hat mich dazu gebracht, die Engländer zu lieben", sagte sie. „Eines Tages werde ich ihn finden und ich werde Geld haben, um ihm alles zurückzuzahlen, was er ausgegeben hat – alles." Jetzt erriet ich die Bedeutung der Szene an Bord der „Fulvia", als sie so darauf bedacht gewesen war, ihre gegenwärtigen Beziehungen zu Frau Falchion aufrechtzuerhalten. Das war das Geheimnis – ein wunderschönes. Sie erhob sich. „Sie haben Hector in Neukaledonien blamiert", sagte sie, „weil er sich weigerte, einen

Sträfling auf der Ile Nou zu bestrafen, der es nicht verdient hatte. Er beschloss, nach Frankreich zu gehen, um seinen Fall zu vertreten. Er ließ mich zurück, weil wir arm waren." Er ging nach Sydney. Dort lernte er diesen guten Mann kennen – ihr Finger fühlte sanft seinen Namen auf dem Stein – , der ihn zu einem Gast auf seinem Schiff machte wurde krank: und das war das Ende."

Sie sank traurig wieder neben das Grab, aber sie weinte nicht mehr.

„Was war das für ein Offiziersschiff?" Ich sagte sofort. Sie zog einen Brief aus ihrem Kleid. „Es ist hier. Bitte lesen Sie alles. Das hat er mir geschrieben, als Hector starb."

Die Überschrift des Briefes lautete „HBMS Porcupine".

Ich hätte ihr damals vielleicht sagen können, dass die „Porcupine" im Hafen von Aden lag, aber ich hatte das Gefühl, dass die Dinge auch ohne meine Hilfe gut ausgehen würden – was sie tatsächlich sofort zu tun begannen. Als wir schweigend dastanden und ich immer wieder die Zeile auf dem Podest las, hörte ich Schritte hinter mir, und als ich mich umdrehte, sah ich einen Mann auf uns zukommen, der seinem Verhalten nach zu urteilen schien, obwohl er Zivilkleidung trug vermutlich ein Offizier der Marine. Er war mehr als mittelgroß, hatte schwarzes Haar, dunkelblaue Augen, gerade, stark ausgeprägte Brauen und war glatt rasiert. Er wirkte ein wenig asketisch und ziemlich interessant und ungewöhnlich, und doch war er unverkennbar ein Seemann. Es war ein Gesicht, dem man sich immer wieder zuwandte – eine einzigartige Persönlichkeit. Und doch verriet mir mein erster Blick, dass er keiner war, der viel Glück gesehen hatte. Vielleicht war das an sich nicht unattraktiv, denn Menschen, die sehr glücklich sind und dies zeigen, sind oft auch sehr egoistisch und stoßen sich dort ab, wo sie anziehen sollten. Er stand jetzt in der Nähe des Grabes und sein Blick wanderte von einem zum anderen, bis er schließlich auf Justine ruhte.

Plötzlich sah ich einen erkennenden Blick. Er trat schnell vor. „Mademoiselle, würden Sie mir verzeihen?" Er sagte sehr sanft: „Aber du erinnerst mich an jemanden, dessen Grab ich sehen wollte." Seine Hand machte eine leichte Bewegung in Richtung Hector Carons Ruhestätte. Ihr Blick war mit fragendem Ernst auf ihn gerichtet. „Oh, Monsieur, ist es möglich, dass Sie der Freund und Retter meines Bruders sind?"

„Ich bin Roscoe. Er war mein guter Freund", sagte er zu ihr und streckte seine Hand aus. Sie nahm es und küsste es impulsiv. Er errötete und zog es schnell und schüchtern zurück.

„Eines Tages werde ich dir all deine Güte zurückzahlen können", sagte sie. „Jetzt bin ich nur noch dankbar – wirklich dankbar. Und du wirst mir alles erzählen, was du über ihn wusstest – alles, was er gesagt und getan hat, bevor er starb?"

„Ich werde dir gerne alles erzählen, was ich weiß", antwortete er und blickte sie mitfühlend, aber dennoch ein wenig prüfend an, als wollte er mehr über sie erfahren und darüber, wie sie nach Aden gekommen war. Er wandte sich fragend an mich.

Ich deutete seinen Gedanken, indem ich sagte: „Ich bin der Chirurg der ‚Fulvia'.
Ich bin hier zufällig auf Miss Caron gestoßen. Sie reist mit der ‚Fulvia'."

Mit schwacher Stimme sagte Justine hier: „Reisen – mit meiner Herrin."

„Als Gesellschafterin einer Dame", fügte ich lieber zur Erklärung hinzu, denn ich wollte nicht, dass sie sich so demütigte. Ein verständnisvoller Ausdruck erschien auf Roscoes Gesicht. Dann sagte er: „Ich freue mich, dass ich Sie öfter sehen werde; ich soll mit der ‚Fulvia' auch nach London reisen."

„Dennoch fürchte ich, dass ich sehr wenig von dir sehen werde", antwortete sie ruhig.

Er wollte gerade etwas zu ihr sagen, aber sie schwankte plötzlich und wäre gefallen, wenn er sie nicht aufgefangen und gestützt hätte. Die Schwäche hielt nur einen Moment an, dann beruhigte sie sich und sagte zu uns beiden: „Ich hoffe, Sie sagen Madame nichts davon? Sie ist freundlich, sehr freundlich, aber sie hasst Krankheit – und solche Dinge."

Galt Roscoe sah mich an, um zu antworten, und sein Gesicht zeigte deutlich, dass er „Madame" für eine außergewöhnliche Frau hielt. Ich versicherte Justine, dass wir nichts sagen würden. Dann verabschiedete sich Roscoe herzlich von uns und sagte, er würde sich darauf freuen, uns beide auf dem Schiff zu sehen; Doch bevor er endlich ging, legte er aus seinem Knopfloch einen kleinen Blumenstrauß auf das Grab. Dann entschuldigte ich mich bei Justine, ging zu Miss Treherne, erklärte ihr die Umstände und fragte sie, ob sie gehen und mit dem leidenden Mädchen sprechen würde. Sie und Frau Callendar hatten den Vorfall beobachtet und hörten mir gespannt zu. Ich glaube, das war der Moment, in dem ich Belle Treherne zum ersten Mal wirklich gut verstanden habe. Ihr Mitgefühl für das trauernde Mädchen überschwemmte viele Barrieren zwischen ihr und mir.

„Oh", sagte sie schnell, „ich werde tatsächlich zu ihr gehen, armes Mädchen! Kommen Sie auch, Frau Callendar?"

Aber Mrs. Callendar sagte schüchtern, dass es ihr lieber wäre, wenn Miss Treherne ohne sie ginge; und so war es. Während Miss Treherne das trauernde Mädchen tröstete, sprach ich mit Mrs. Callendar. Ich fürchte, dass Mrs. Callendar nur eine oberflächliche Frau war; denn nach einem Moment erregten Interesses an Justine wandte sie das Gespräch ganz naiv den Reizen Europas zu. Und ich fürchte, nicht ohne einen leichten Zynismus folgte ich ihr, wohin sie mich führte; denn, wie ich mir sagte, es spielte keine Rolle, in welche Richtung unsere müßigen Zungen gingen, solange ich meine Gedanken auf die beiden neben diesem Grab richtete: aber es gab meiner Rede eine Würze der Bosheit. Ich beschäftigte mich mit der Rückkehr von Mrs. Callendar in ihre Heimatheide – das heißt auf die Bürgersteige von Bond Street und Piccadilly, obwohl ich wusste, dass sie aus Tasmanien stammte. Daraufhin lächelte sie überschwänglich.

Schließlich kam Miss Treherne zu uns und sagte, dass Justine darauf bestand, dass es ihr gut genug ginge, um alleine zum Schiff zurückzukehren, und dass sie keine Begleitung wünschte. Also haben wir sie dort gelassen.

Zwanzig Male habe ich beim Vorbereiten meiner Notizen zu dieser Geschichte aus meinem Tagebuch und denen von Mrs. Falchion und Galt Roscoe innegehalten, um darüber nachzudenken, wie Justine Caron trotz der hier aufgezeichneten Ereignisse und vieler anderer, die ausgelassen wurden, den hingebungsvollen und ergebenen Ereignissen ähnelte , oft schöne Begleiterinnen der Helden und Heldinnen der Tragödie, die, wenn alles vorbei ist, die Augen schließen, die Körper zusammensetzen und die Gesichter der Toten bedecken und mit gerechten Lippen den Segen aussprechen, der am besten in ihren Mund passt. Ihre Liebe, ihre Taten, ihr Leben, so gut und würdig sie auch sein mochten, wurden in Bescheidenheit gekleidet und weit oben auf der Bühne gehalten, um, selbst wenn alles vorbei war, nicht immer das Privileg zu erhalten, zu sterben, wie es ihre Herren taten, sondern wie Horatio , gebot, zu leben und still der treue Diener zu sein:

„Aber in dieser rauen Welt atme vor Schmerz ein,
um meine Geschichte zu erzählen.“

Es gab keinen Grund, warum wir sofort zum Schiff gehen sollten, und ich schlug vor, dass wir zuerst die Hafenstadt erkunden und dann die Stadt Aden – fünf Meilen entfernt hinter den Hügeln – und die Panzer besuchen sollten. Dem stimmten die Damen zu.

Somauli-Polizisten patrouillierten auf den Straßen; Somalische, arabische und türkische Führer versperrten ihnen den Weg; Araber in schlichtem Weiß, arabische Scheichs in Blau, Weiß und Gold faulenzten träge herum oder tranken ihren Kaffee im Schatten der Basare. Fast nackte Wüstenkinder sprengten aus langen Lederflaschen Wasser vor die Türen der Basare und Geschäfte und auf die heiße Durchgangsstraße; Kamelkarawanen zogen mit staubigen Schritten den Hügel hinauf und weiter in die Wüste; der jüdische Wasserträger trottete mit seinem Esel von den kühlen Quellen in den Vulkanhügeln den Pass hinunter; eine Eunuchenwache marschierte mit dem

Harem eines Mohammedaners vorbei; In den Türen der Häuser wurden Ziegen und Esel gefüttert. Juden mit fettigen Gesichtern, rot gesäumten Röcken und hungrigem Blick zogen umher und boten Straußenfedern zum Verkauf an. Überall wurden sie schlechter behandelt als die Chinesen in Oregon oder Port Darwin. Wir sahen, wie englische und australische Passagiere der „Fulvia" die elenden Mitglieder einer verachteten Rasse auf den Straßen und anschließend vom Deck des Schiffes mit grünen Früchten bewarfen. Einige von ihnen hoben im Vorbeigehen den Hut vor uns; aber Belle Trehernes Anerkennung war kühl.

„Es ist schwer, gegenüber Feiglingen höflich zu sein", sagte sie.

Nachdem ich ein paar ruinöse Geschäfte mit Fezes, türkischen Stoffen und Parfüm gemacht hatte, stellte ich eine Falle und wir machten uns auf den Weg nach Aden. Die Reise war nicht gerade schön, aber sie war von einzigartigem Interesse. Jede Radumdrehung trug uns immer weiter weg von einer vertrauten Welt in eine Welt von gestern. Weiß gekleidete Wüstenkrieger mit Lanzen blickten uns an, während sie in Richtung der endlosen Sandstrände ritten, und Vagabunden Ägyptens bettelten um Almosen. In etwa einer dreiviertel Stunde hatten wir die hohen Barrieren von Jebel Shamsan und seinen Kameraden passiert und bildeten Staubwolken auf den Straßen von Aden. Trotz der Kantone, des britischen Regierungsgebäudes und der europäischen Kirche war es schlicht und einfach eine orientalische Stadt, in der die langsamen Stunden vorbeizogen und Apathie hinterließen; wo Faulheit und Übersättigung auf den Marktplätzen saßen; Müßige Frauen schwatzten in ihren Türen; und nackte Kinder wälzten sich in der Sonne. Doch wie kann man an den unbekanntesten Orten plötzlich aufwachen, um etwas sehr Vertrautes zu hören oder zu sehen und wieder zu lernen, dass die Lebensgewohnheiten aller Menschen und Nationen doch nicht so weit voneinander entfernt sind! Hier riefen drei nackte Jugendliche mit Tabletts auf dem Kopf laut an jeder Tür, was übersetzt hieß: „Kuchen! Heiße Kuchen! Kuchen, alle heiß!" oder: „Crum-pet! Crumpet! Willst du dir nicht ein Crum-pet kaufen?"

Das Gleiche sieht man in Kandy, in Kalkutta, in Tokio, in Istanbul, in Teheran, in Queensland, in London.

Für uns waren die großen Panzer, die den Ort überblickten, interessanter als die Stadt selbst, und wir fuhren dorthin. Im Government House und hier waren die einzigen grünen Flecken, die wir gesehen hatten; Sie waren tatsächlich die einzigen grünen Flecken auf der Halbinsel Aden. Es war ein sehr kränkliches Grün, aus dem fahle und staubige Feigenbäume ragten. In ihrem spärlichen Schatten oder im Schutz eines überhängenden Felsvorsprungs boten uns Araber kühles Wasser und Orangen an. Es waren

Leute in den kränklichen Gärten, und andere inspizierten die Tanks. Passagiere des Schiffes hatten Lunchkörbe in diese traurige Oase gebracht.

Als wir am Rand eines der Tanks standen, bemerkte Miss Treherne erstaunt, dass sie leer waren. Ich erklärte ihr, dass Aden nicht einmal über die Vorteile verfügte, die dem Land der sieben fetten und sieben mageren Kühe zuteil wurden – dass es dort seit Jahren keinen Regen gegeben hatte und dass es, als er kam, weder langanhaltend noch reichlich war. Dann kamen Fragen dazu, wie lange es her ist, dass die Panzer gebaut wurden.

„Dreizehnhundert Jahre!" rief sie aus. „Wie seltsam, es so zu fühlen! Es ist, als würde man alte Gräber betrachten. Und wie hoch die Mauern sind, die die Schlucht zwischen den Hügeln verschließen."

In diesem Moment machte uns Frau Callendar auf Frau Falchion und eine Gruppe vom Schiff aufmerksam. Mrs. Falchion war nur ein paar Schritte von uns entfernt und lächelte freundlich, als sie unsere Grüße entgegennahm. Plötzlich kamen zwei aus ihrer Gruppe zu uns und baten uns, ihr Mittagessen mit uns zu teilen. Ich hätte Einspruch erhoben, und ich bin mir sicher, dass Belle Treherne das gerne getan hätte, aber Frau Callendar wollte unbedingt annehmen, deshalb drückten wir unsere Dankbarkeit aus und schlossen uns der Gruppe an. Bei näherer Betrachtung war ich froh, dass wir das getan hatten, denn andernfalls hätte meine Gruppe bis zur Rückkehr zum Schiff ohne Erfrischungen auskommen müssen – den Restaurants in Aden ist nicht zu trauen. Für mich war Frau Falchion angenehm unpersönlich, für Miss Treherne zart und aktiv persönlich. Damals hatte ich eine Art Angst vor ihrem Interesse an dem Mädchen, aber ich weiß jetzt, dass es ganz aufrichtig war, obwohl es mit einem nicht sehr erhabenen Motiv begann – Belle Treherne zu ihrer Freundin zu machen und mich so zu ärgern und auch um, wie ein Anatom, das Leben des Mädchens zu studieren.

Wir begaben uns alle in den trügerischen Schatten der Feigen- und Magnolienbäume, und schon bald war das Mittagessen serviert. Während wir aßen, drehte sich das Gespräch um die lästige Beharrlichkeit östlicher Führer, und es wurde auf die aufregenden Umstände verwiesen, die mit der Verlobung von Amshar, dem Führer von Frau Falchions Gruppe, einhergingen. Unter den Dutzenden Klägern hatte Amshar einen besonderen Gegner – einen persönlichen Feind –, der nicht aufgeben wollte, selbst als die Entscheidung gefallen war. Er war tatsächlich der erste gewesen, der um die Partei gebeten hatte, und wurde wegen seines unangenehmen Aussehens abgelehnt. Er war der Falle sogar vom Hafen von Aden aus gefolgt. Als einer der Herren den gemurmelten Zorn der enttäuschten Araberin, Frau Falchion, bemerkte. sagte: „Da ist er nun am Tor des Gartens."

Sein Blick war mürrisch auf unsere Gruppe gerichtet. Blackburn, der Queenslander, sagte: „Amshar, der andere Kerl verfolgt das Spiel" und zeigte auf das Tor.

Amshar verstand zumindest die Geste, und obwohl er den Kopf zurückwarf, bemerkte ich, dass seine Hand zitterte, als er mir eine Tasse Wasser reichte, und dass er seinen Blick auf seinen Gegner gerichtet hielt.

„Man fühlt sich bei diesen mörderischen Rassen immer unsicher", sagte Colonel
Ryder, „wie einige von uns wissen, die wir mit den Niggern Südamerikas zu tun hatten. Sie denken nicht mehr daran, einen Mann zu töten —"

„Als ein australischer Hausbesetzer es schafft, eine Horde Aborigines oder Kängurus zu zerstreuen", sagte Clovelly.

Hier meldete sich Frau Callendar energisch zu Wort. „Ich weiß nicht, was Sie mit ‚zerstreuen' meinen."

„Du weißt, was ein Känguru-Angriff ist, nicht wahr?"

„Aber das ist das Töten, das Abschlachten von Kängurus zu Hunderten."

„Nun, und das ist Zerstreuung der Ureinwohner", sagte der Schriftsteller. „Das ist die aristokratische Methode, den Eingeborenen per Gesetz aus der Existenz zu verbannen."

Blackburn protestierte hier energisch. „Ja, es ähnelt einem Romanautor, der auf der Suche nach malerischen Ereignissen seine forensische Seele dem ‚armen Eingeborenen' widmet – dem schmutzigen Nigger, wie ich ihn nenne: dem gemeinsten, grausamsten, feigesten und mörderischsten." – bei Gott, was für viele Adjektive! – von einheimischen Rassen, aber wir Kerle, die wir im Handumdrehen einige unserer besten Freunde verloren haben – Kumpels, mit denen wir Decke und Bett geteilt haben Im Dunkeln oder einem Speer aus dem Gebüsch kann Exeter Hall und sein „armer Eingeborener" keinen Platz in unseren harten Herzen finden. Es ist ein neues Land Die Zeiten, in denen das Gesetz sie erreichen würde, waren die einzigen Dinge, die Männern möglich waren, deren Freunde massakriert worden waren, und – nun ja, sie bestraften Stämme für die Taten einzelner."

Hier mischte sich Frau Falchion ein. „Das ist genau das, was England tut. Ein britischer Händler wird getötet. Sie zerstört eine Heimatstadt mit Hotchkiss-Gewehren – lässt sie nackt und tot zurück. Das ist auch Zerstreuung; ich habe es gesehen, und ich weiß, wie weit Nigger als … Rasse kann man vertrauen und wie sehr sie Mitgefühl verdient. Ich stimme Herrn Blackburn zu.

Blackburn hob sein Glas. „Frau Falchion", sagte er, „ich brauche keine weiteren Beweise, um meinen Fall zu beweisen. Erfahrung ist der beste Lehrer."

„Da ich mich dem Refrain anschließen möchte, um ein so bemerkenswertes Kompliment zu machen, wird mir dann jemand den Rotwein reichen?" sagte Colonel Ryder und schüttelte die Pastetenkrümel von seinem Mantelkragen. Als sein Glas gefüllt war, wandte er sich an Frau Falchion und fuhr fort: „Ich trinke auf die Gesundheit des besten Lehrers." Und alle antworteten lachend. Dieser spontane Toast wäre mit mehr Wärme getrunken worden, wenn wir ein unmittelbares Ereignis hätten vorhersehen können. Nicht weniger seltsam waren Mrs. Falchions Worte an Hungerford am Abend zuvor, die im letzten Satz des vorhergehenden Kapitels aufgezeichnet sind.

Zigarren wurden gereicht, die Männer standen auf und schlenderten davon. Wir schlenderten durch die Gärten und kamen dabei an dem abgelehnten Führer vorbei. „Mir gefällt der Ausdruck in seinen Augen nicht", sagte Clovelly.

Colonel Ryder lachte. „Sie haben immer eine gute Vorstellung vom Dramatischen."

Wir sind weitergegangen. Ich schätze, es waren etwa zwanzig Minuten vergangen, als wir, als wir wieder den Garten betraten, laute Schreie hörten. Als wir auf die Panzer zueilten, bot sich uns ein seltsamer Anblick.

Dort, auf einer schmalen Mauer, die zwei große Panzer trennte, befanden sich drei Personen – Frau Falchion, Amshar und der abgelehnte arabische Führer. Amshar kauerte hinter Frau Falchion und klammerte sich voller Angst an ihre Röcke. Der Araber drohte mit einem Messer. Er konnte Amshar nicht erreichen, ohne Frau Falchion beiseite zu stoßen, und wie gesagt, die Mauer war schmal. Er war gebeugt wie ein Tiger, der kurz vor dem Sprung steht.

Als ich Mrs. Falchion und Amshar von den anderen getrennt sah, – Mrs. Da Falchion darauf bestanden hatte, diese schmale und steile Mauer zu überqueren, war er ihnen plötzlich nachgelaufen. Als er das tat, sah Miss Treherne ihn und schrie auf. Frau Falchion drehte sich schnell um, und dann kam diese tragische Situation.

Jemand muss sterben.

Als die Araberin sah, dass Frau Falchion keine Anstalten machte, Amshar aus ihren Röcken zu befreien, sprang sie sofort vor. Plötzlich streckte Frau Falchion ihre Arme aus und packte das Handgelenk, das den Dolch hielt. Dann gab es einen Augenblick lang einen Kampf. Es war jetzt das Leben von Frau Falchion und Amshar. Sie schwankten. Sie hingen am Rand des

Felsabgrunds. Dann verloren wir den Glanz des Messers, und der Araber zitterte und stürzte um. Frau Falchion wäre mit ihm gegangen, aber Amshar packte sie an der Taille und rettete sie vor dem Sturz, der sie ebenso sicher getötet hätte wie den Araber, der am Boden des Tanks lag. Es war ihr gelungen, das Messer in der Hand des Arabers gegen seine eigene Brust zu drehen und dann plötzlich ihren Körper dagegen zu drücken; aber der Impuls der Tat hätte sie beinahe auch mitgerissen.

Amshar kniete zu ihren Füßen und küsste dankbar ihr Kleid. Sie stieß ihn mit dem Fuß von sich und begann, sich kühl zur Seite drehend, ihr Haar zu ordnen. Als ich auf sie zukam, warf sie einen Blick auf den Araber. „Schrecklich! schrecklich!" Sie sagte. Ich erinnerte mich, dass dies ihre Worte waren, als ihr Mann aus dem Meer auf die „Fulvia" gehoben wurde.

Nicht unhöflich lehnte sie meine Hand oder jegliche Hilfe ab und begab sich zu den übrigen Gästen. Ich konnte nicht umhin, ein seltsames Staunen über die kraftvolle Seite ihres gerade gezeigten Charakters zu empfinden – ihren Mut, ihren kühlen Wagemut. In ihrem Gesicht lag jetzt ein Ausdruck von Verärgerung und vielleicht auch Abscheu, aber auch von Triumph – so natürlich bei körperlicher Überlegenheit. Alle gratulierten ihr, aber wirkliche Freude zeigte sie nur, und zwar stumm, über die Glückwünsche von Miss Treherne. Zu uns anderen sagte sie: „Man musste sich selbst retten, und Amshar war ein Feigling."

Und so wurde diese Frau, deren Herzenshärte und maßlose Grausamkeit Hungerford und ich vor der Welt geheim hielten, nun zu einer Heldin gemacht, um die sich ein romantischer Heiligenschein legte, wann immer ihr Name erwähnt wurde. Jetzt verstärkten die Männer, ob geeignet oder nicht, ihre Huldigung. Es schien, als hätten die Sterne innegehalten, um ihr besonderes Glück zu bescheren.

An jenem Morgen hatte ich gedacht, ihr Erscheinen bei dieser Lunchparty sei geradezu skandalös, denn sie wusste, wer Boyd Madras war, wenn auch andere es nicht wussten. Nach dem Vorfall mit dem Araber war das andere Ereignis sicherlich viel weniger auffällig, und hier, nach vielen Jahren, kann ich sehen, dass die Tat bei ihr weniger ausgeprägt war, als es bei anderen der Fall gewesen wäre. Denn hinter ihrer äußeren Härte wirkte eine Art Gerechtigkeit, ein eisernes Ding, das aber dennoch nicht unnatürlich in ihr wirkte.

Belle Treherne erwachte auch zu einer neuen Wahrnehmung ihres Charakters, und eine Art Ehrfurcht erfasste sie, so männlich schien ihr Mut und doch so weiblich und weiblich ihre Art. Mrs. Callendar warf laute Ausrufe der Freude und des Staunens über Mrs. Falchions Kühle aus; und der Buchmacher bot mit seinem üblichen Ungestüm an, Wetten im

Verhältnis vier zu eins anzunehmen, dass wir alle festgehalten würden, um in der Sache auszusagen.

Clovelly schwieg. Gelegentlich rückte er seine Brille zurecht und sah Frau Falchion an, als wäre seine Meinung über sie plötzlich zum Stillstand gekommen. Ich denke, dass ihr das aufgefallen ist und dass sie es auch genossen hat, denn sie erinnerte sich zweifellos an ihr Gespräch mit mir, in dem sie gesagt hatte, dass Clovelly dachte, er verstünde sie perfekt. Colonel Ryder, die jederzeit loyal war, sagte, sie habe die Nerven einer Frau aus Kentucky. Außerdem war er geistesgegenwärtig, denn er hatte sofort einen Eingeborenen losgeschickt, um die Behörden über den Vorfall zu informieren; So wurden wir noch bevor wir die Hälfte der Stadt erreicht hatten, von Polizisten empfangen, die auf uns zustürmten, gefolgt von einer kleinen Abteilung indischer Soldaten. Der kommandierende Offizier der Abteilung hielt uns an und sagte, der Gouverneur würde sich freuen, wenn wir für eine Stunde ins Regierungsgebäude kommen würden, während eine Untersuchung stattfand.

Dem stimmten wir natürlich freudig zu; und in einem Raum, in dem Punkahs winkten und ein kühler Rotweinbecher auf uns wartete, wurden wir vom Gouverneur empfangen, der voller Bewunderung für Mrs. Falchion war. Es war jedoch offensichtlich, dass er von ihrem gegenwärtigen Gleichmut überrascht war. Hatte sie überhaupt keine Nerven?

„Ich kann es nur außerordentlich bedauern", sagte der Gouverneur, „dass es bei Ihrem Besuch in Aden zu einer so tragischen Unterbrechung kam; aber seitdem es passiert ist, bin ich froh, das Privileg zu haben, eine so mutige Dame wie Mrs. Falchion kennenzulernen." – Der Buchmacher hatte uns alle mit einer Naivität vorgestellt, die, da bin ich mir sicher, den Gouverneur und ganz bestimmt auch seinen Adjutanten amüsierte. „Wir müssten die Eingeborenen nicht fürchten, wenn wir so furchtlose Soldaten hätten", seine Exzellenz Fortsetzung.

An diesem Punkt begann die Untersuchung, und nachdem sie abgeschlossen war, sagte der Gouverneur, dass die Angelegenheit für uns damit beendet sei, und bemerkte dann galant, dass die Regierung von Aden immer Frau Falchions Schuldnerin bleiben werde. Sie antwortete, dass es sich um eine Schuld handele, die sie gerne für immer unbeglichen lassen würde. Nach diesem hübschen Austausch von Komplimenten lächelte der Gouverneur und reichte ihr seinen Arm zur Tür, wo unser „Char a bans" auf uns wartete.

Der Buchmacher war so beeindruckt von dem gastfreundlichen Empfang, den uns der Gouverneur bereitet hatte, dass er ihm sein Zigarrenetui mit dem Inhalt anbot, sagte, er hoffe, dass sie sich wiedersehen würden, und fragte Seine Exzellenz, ob er darüber nachdenke, nach Australien zu kommen. Der

Gouverneur lehnte die Zigarren gnädig ab, ignorierte das erhoffte Vergnügen eines weiteren Treffens und vertraute darauf, dass es ihm zufallen würde, eines Tages Australien zu besuchen. Daraufhin bestand der Buchmacher darauf, dass der Adjutant das Zigarrenetui annahm, und gab ihm seine Visitenkarte. Der Adjutant verlor nichts durch seine gut gelaunte Annahme, wenn er rauchte, denn, wie ich wusste, waren die Zigarren wirklich sehr gut. Buchmacher, Spieler und Juden kennen Tabak gut. Und die Partei des Gouverneurs verlor nichts an Würde, denn als die Fallen wegrollten, riefen sie Mrs. Falchion höflich zu. Anfangs hatte ich Angst, wie Belle Treherne die Gaunereien des Buchmachers beurteilen würde, aber ich sah, dass er für sie eher ein Objekt von Interesse war als sonst; denn er war auf jeden Fall amüsant.

Als wir durch Aden fuhren, rannte ein Somauli-Junge aus der Tür eines Hauses und überreichte dem Fahrer meiner Falle einen Brief. Es trug meinen Namen und wurde mir übergeben. Ich habe die Handschrift erkannt. Es war das von Boyd Madras. Er war in der Nacht mit Hungerfords Hilfe an Land gekommen. Der Brief gab lediglich eine Adresse in England an, die ihn immer finden würde, und erklärte, dass er beabsichtige, einen anderen Namen anzunehmen.

KAPITEL IX

„DER FORTSCHRITT DER SONNEN"

Die Nachricht von dem Ereignis war uns bereits auf dem Weg zur „Fulvia" vorausgegangen, und als wir die Schiffstreppe hinaufkletterten, wurden wir von Jubelrufen begrüßt. Als ich aufblickte, sah ich, dass unter anderem Hungerford sich über die Bordwand beugte und Mrs. Falchion auf eine seltsame, nachdenkliche Weise ansah, was für ihn nicht ungewöhnlich war. Der Blick war unverbindlich und doch ernst. Wenn es keine Zustimmung war, war es keine Verurteilung; aber es war vielleicht leicht ironisch, und das ärgerte mich. Es schien ihm unmöglich – und das war, glaube ich, immer so –, den Gedanken an den Mann, den er auf dem Niemandsmeer gerettet hatte, aus seinem Kopf zu verbannen. Ich bin mir sicher, dass es ihn erschütterte, dass die Band törichterweise einen Willkommensgruß spielte, als Mrs. Falchion das Deck betrat. Als ich Miss Treherne in die Hände ihres Vaters übergab, der uns sehnsüchtig erwartete, sagte Hungerford in mein Ohr: „Eine Königin der Tragödie, Marmion." Er sagte es so deutlich, dass Frau Falchion es hörte, und sie warf ihm einen prüfenden Blick zu. Ihre Blicke trafen sich und kämpften einen Moment lang, und dann fügte er hinzu: „Ich erinnere mich! Ja, ich kann den Mut einer Frau respektieren, die ich nicht mag."

„Und das ist morgen", sagte sie, „und ein Mann kann seine Meinung ändern, und das kann Schicksal sein – oder die Laune einer Frau." Sie verneigte sich, wandte sich ab und ging nach unten, offensichtlich missfiel ihr der Empfang, den sie erhalten hatte, und sie war bestrebt, Fragen und Glückwünschen zu entgehen. Sie erschien auch nicht wieder, bis die „Fulvia" gegen sechs Uhr abends losfuhr. Als wir den Hafen verließen, kamen wir dicht an der „Porcupine" vorbei und sahen, wie ihre Offiziere auf dem Deck gruppiert waren und jemandem auf unserem Deck zum Abschied zuwinkten, bei dem es sich, wie ich natürlich vermutete, um Galt Roscoe handelte.

Zu diesem Zeitpunkt stand Frau Falchion in meiner Nähe. „Für wen ist diese Demonstration?" Sie sagte.

„Für einen ihrer Offiziere, der Passagier der ‚Fulvia' ist", antwortete ich. „Erinnern Sie sich, dass wir im Indischen Ozean an der ‚Porcupine' vorbeigekommen sind?"

„Ja, das weiß ich sehr gut", sagte sie mit einem Anflug von Bedeutung. „Aber" – hier hatte ich den Eindruck, dass ihre Stimme einen Anflug von Atemlosigkeit hatte – „aber wer ist der Offizier? Ich meine, wie heißt er?"

„Er steht in der Gruppe dort in der Nähe der Tür der Kapitänskajüte. Sein Name ist Galt Roscoe, glaube ich."

Ein leiser Ausruf entfuhr ihr. Auf ihren Lippen lag ein kühles Lächeln, und ihr Blick suchte die Gruppe ab, bis sie auf Galt Roscoe ruhte. Einen Moment später sagte sie: „Du hast ihn getroffen?"

„Heute Morgen zum ersten Mal auf dem Friedhof."

„Alle scheinen heute Morgen etwas auf dem Friedhof zu erledigen. Justine Caron hat Stunden dort verbracht. Für mich ist es so dumm, einen Hügel aufzuhäufen und einen Grabstein über – was? – einem toten Ding zu errichten, das, wenn man es sehen könnte es wäre schrecklich.

„Sie würden eine vollständige Absorption – vom Ozean her – bevorzugen?" Ich erwiderte brutal.

Sie schien die Anspielung nicht zu bemerken. „Ja, was weg ist, ist weg. Gräber sind Götzendienst. Grabsteine sind gespenstisch. Es sind Menschen ohne Vorstellungskraft, die diese Dinge brauchen, zusammen mit Krepp und schwarz umrandetem Papier. Es ist alles ein barbarisches Ritual. Ich weiß, dass du mich für gefühllos hältst, aber ich kann nichts dafür, dass die Erde um mich herum ist und dass das grüne Gras über mir ist und dass niemand den Ort kennt, weder Feuer noch das Meer.

„Frau Falchion", sagte ich, „zwischen uns bedarf es keiner heiklen Worte. Sie scheinen weder Fantasie noch Götzendienst, noch Erinnerungen, noch gewöhnliche weibliche Freundlichkeit zu haben."

"In der Tat!" Sie sagte. „Aber vielleicht kennst du mich besser." Hier berührte sie meinen Arm mit ihren Fingerspitzen, und wider meinen Willen spürte ich, wie mein Puls schneller schlug. Mir kam es so vor, als könnte ich mir selbst in ihrer Gegenwart selbst jetzt nicht ganz vertrauen. "In der Tat!" sie wiederholte. „Und wer hat Sie allwissend gemacht, Dr. Marmion? Sie werden sich selbst kaum gerecht. Sie haben ein Geheimnis. Sie bestehen darauf, mich daran zu erinnern. Ist das vollkommene Galanterie? Kennen Sie mich überhaupt, aufgrund Ihres Wissens über diese eine Sache? „Sie sind eitel, und – Herr Hungerford?"

Ich erzählte ihr damals die wahre Geschichte von Hungerfords Verbindung mit Boyd Madras und bat sie auch um Verzeihung dafür, dass ich ihr gerade jetzt mein Wissen über ihr Geheimnis offenbart hatte. Daraufhin sagte sie: „Ich schätze, ich sollte dankbar sein." War da ein etwas sanfterer Tonfall in ihrer Stimme?

„Nein, du musst nicht dankbar sein", sagte ich. „Wir schweigen, erstens, weil er es wollte; dann, weil du eine Frau bist."

„Sie definieren Ihre Gründe mit erstaunlicher Sorgfalt und Geschmack", antwortete sie.

„Oh, was den Geschmack betrifft! –" sagte ich; aber dann biss ich mir auf die Zunge.

Daraufhin sagte sie mit sehr festen und blassen Lippen: „Ich konnte keinen Kummer vortäuschen, den ich nicht empfand. Ich habe nicht gelogen. Er ist gestorben, wie wir gelebt hatten – entfremdet. Ich habe kein Denkmal gesetzt."

Aber als ich an meine im Grab liegende Mutter dachte, eine Frau nach Gottes Herzen, die mich mehr liebte, als ich verdiente, wiederholte ich fast unbewusst diese Zeilen (aus einer Zeitschrift ausgeschnitten):

„Heilig ist der Ring, der verblichene Handschuh, der
einst von jemandem getragen wurde, den wir liebten; tote Krieger leben in ihrer Rüstung, und in ihren Reliquien überleben Heilige."

„Oh, Mutter Erde, verteidige von nun an
alles, was du von meinem Freund gesammelt hast, vor dem Winterwind und dem treibenden Schneeregen, vor der Sommersonne und der sengenden Hitze.

„In deiner allumfassenden Brust
ist ein weiteres verlassenes Nest verborgen; während am Himmel mit gefalteten Flügeln der Vogel sitzt und singt, der es verlassen hat."

Ich hielt inne; Der Anlass schien so wenig zu diesem Gefühl zu passen, denn um uns herum herrschte die müßige Aufregung, den Hafen zu verlassen. Ich ärgerte mich über meinen bisherigen Anteil an dem Gespräch. Mrs. Falchions Blick hatte die Gruppe um die Tür des Kapitäns kaum verlassen, obwohl sie offenbar großes Interesse an dem hatte, was ich sagte. Jetzt sagte sie:

„Du rezitierst sehr gut. Ich bin beeindruckt, aber ich glaube, dass es eher an deiner Stimme liegt als an diesen schönen Gefühlen; denn schließlich kannst du den toten Körper nicht verherrlichen. Schauen Sie sich die Mumie von Thothmosis in Boulak an und denken Sie darüber nach, wie Kleopatra aussehen muss." wie jetzt. Und bitte lasst uns über etwas anderes reden..." Sie hielt inne.

Ich folgte dem scharfen, schattigen Blick ihrer Augen und sah Galt Roscoe aus der Gruppe an der Tür des Kapitäns kommen. Er bewegte sich in unsere Richtung. Plötzlich hielt er inne. Sein Blick war auf Frau Falchion gerichtet. Eine Röte lief über sein Gesicht, nicht gerade verwirrend, aber schmerzhaft, und wieder ließ sie ihn blass werden, und für einen Moment stand er regungslos da. Dann trat er auf uns zu. Er verneigte sich vor mir und sah sie dann eindringlich an. Sie streckte ihre Hand aus.

„Mr. Roscoe, glaube ich?" Sie sagte. „Eine alte Freundin", fügte sie hinzu und drehte sich zu mir um. Er nahm ernst ihre ausgestreckte Hand und sagte:

„Ich hätte nicht gedacht, Sie hier zu sehen, Miss –“

„Frau Falchion“, unterbrach sie deutlich.

„Frau Falchion!“ sagte er überrascht. „Es ist so viele Jahre her, seit wir uns kennengelernt haben, und –“

„Und es ist so leicht, Dinge zu vergessen? Aber es sind eigentlich nicht so viele – nur sieben, der Zyklus für die Verfassungserneuerung. Meine Güte, wie gelehrt das klingt! ... Also, ich nehme an, wir treffen dasselbe, und doch nicht dasselbe.

„Das Gleiche und doch nicht das Gleiche“, wiederholte er ihr nach, mit einem Versuch der Leichtigkeit, aber doch geistesabwesend.

„Ich glaube, Sie kennen sich, meine Herren?“ Sie sagte.

„Ja, wir haben uns heute Morgen auf dem Friedhof getroffen. Ich habe das Grab eines jungen französischen Offiziers besucht.“

„Ich weiß“, sagte sie, „Justine Carons Bruder. Sie hat es mir gesagt; aber Ihren Namen hat sie mir nicht verraten.“

„Hat sie es dir gesagt?“ er sagte.

„Ja. Sie ist – meine Begleiterin.“ Ich sah, dass sie nicht das Wort benutzte, das ihr zuerst einfiel.

„Wie merkwürdige Dinge passieren! Und doch“, fügte er nachdenklich hinzu, „vermute ich, dass Zufälle in der heutigen Zeit des vielen Reisens nicht so seltsam sind, insbesondere bei Menschen, deren Leben mehr oder weniger miteinander verbunden ist.“

„Deren Leben sind mehr oder weniger miteinander verbunden“, wiederholte sie ihm mit stählernem Ton nach.

Mir kam es so vor, als hätte ich mein Zeichen zum Aufbruch erhalten. Ich verneigte mich und ging meinen Pflichten nach. Als wir tapfer durch die Meerenge von Babelmandeb dampften, mit Perim zu unserer Linken, schön durch den milchigen Dunst aufsteigend, kam ich wieder an Deck, und sie befanden sich immer noch in der Nähe der Stelle, an der ich sie eine Stunde zuvor zurückgelassen hatte. Ich ging vorbei und warf ihnen dabei einen Blick zu. Sie schauten nicht zu mir. Sein Blick war auf das Ufer gerichtet, und ihr Blick war auf ihn gerichtet. Ich sah einen Ausdruck auf ihren Lippen, der ihrem Gesicht einen neuen Charakter verlieh. Sie sprach, wie ich dachte, klar und gnadenlos. Ich konnte nicht umhin, ihre Worte zu hören, als ich an ihnen vorbeiging.

„Das wirst du sein – du!“ In ihrem Ton lag ein Hauch von Ironie. Ich hörte nichts mehr an Worten, aber ich sah, wie er sich etwas scharf zu ihr umdrehte, und ich hörte die tiefen Töne seiner Stimme, als er ihr antwortete. Als ich einen Moment später zurückblickte, war sie nach unten gegangen.

Galt Roscoe nahm an Kapitän Ascotts Tisch Platz, und während der Mahlzeiten sah ich nichts von ihm, aber anderswo sah ich ihn bald häufig. Er schien meine Gesellschaft zu suchen. Ich war darüber froh, denn ich fand, dass er ein angenehmer Mann war und über ausgeprägte Originalität in seinen Ideen verfügte, außerdem über eine sehr beachtliche Bildung verfügte. Er verfügte auch über die soziale Souveränität, die einen Marineoffizier so sehr auszeichnet. Doch obwohl er ein Weltmensch war, besaß er eine Art Askese, die mich verwirrte. Es machte ihn nicht exzentrisch, aber es war bei einem Marinemann nicht üblich. Auch hier wollte er einfach als Mr. Roscoe bekannt sein und nicht als Captain Roscoe, was seinem Rang entsprach. Er sagte nichts über seinen Ruhestand, aber ich vermutete, dass er es getan hatte. Eines Abends jedoch, kurz nachdem wir Aden verlassen hatten, saßen wir in meiner Kabine und das Gespräch drehte sich um einen kürzlich erschienenen Roman, in dem es um den Abfall eines Geistlichen der Kirche von England durch Agnostizismus ging. Der Eifer, mit dem er sich in die Diskussion stürzte, und das Wissen, das er an den Tag legte, überraschten mich. Ich kannte (wie die meisten Medizinstudenten erfahren, bis sie es besser wissen) einige wissenschaftliche Einwände gegen das Christentum und habe sie vorgebracht. Er begegnete ihnen klar und kraftvoll. Schließlich sagte ich lachend: „Na ja, du solltest heilige Weihen annehmen."

„Das werde ich tun", sagte er sehr ernst, „wenn ich in England ankomme. Ich verlasse die Marine." In diesem Moment schossen mir die Worte von Frau Falchion durch den Kopf: „Das werden Sie – Sie!"

Dann erklärte er mir, dass er seit zwei Jahren studierte und erwartete, bald nach seiner Rückkehr nach England zum Diakon zu gehen. Ich kann nicht sagen, dass ich sehr überrascht war, denn ich hatte einige gekannt und von vielen gehört, die die Marine gegen die Kirche eingetauscht hatten. Es fiel mir jedoch auf, dass Galt Roscoe die Angelegenheit offenbar von einem nicht professionellen Standpunkt aus betrachtete; umso mehr, als er seine Entschlossenheit zum Ausdruck brachte, in den neuesten Teil eines neuen Landes zu gehen, um die Pionierarbeit der Kirche zu leisten. Ich fragte ihn, wohin er gehe, und er sagte, in die Rocky Mountains von Kanada. Ich sagte ihm, dass mein Ziel auch Kanada sei. Er äußerte herzlich die Hoffnung, dass wir dort etwas voneinander sehen würden. Es mag den Anschein haben, als wäre unsere Freundschaft hastig entstanden, aber wir dürfen nicht vergessen, dass das Meer ein großartiger Freundschaftsbringer ist. Zwei Männer, die sich seit zwanzig Jahren kennen, stellen fest, dass zwanzig Tage auf See sie einander näher bringen als je zuvor, oder sie entfremden.

An diesem Abend fragte ich ihn in einer Pause des Gesprächs beiläufig, wann er Frau Falchion gekannt habe. Sein Gesicht war undurchschaubar, aber er sagte etwas hastig: „Auf den Südseeinseln" und wechselte dann das Thema. Es gab also wieder ein Rätsel? Sollte sich diese Frau nie vom Rätsel lösen? Damals konnte ich nie an sie denken, außer im Zusammenhang mit einem tödlichen Vorfall, bei dem sie unversehrt blieb und jemand anderes litt.

Es mag einfallsreich gewesen sein, aber ich dachte, dass Galt Roscoe und Mrs. Falchion in den ersten ein oder zwei Tagen nach ihrer Abreise aus Aden nur sehr wenig zusammen waren. Dann wuchs der Eindruck, dass dies seine Tat war, und wieder, dass sie mit zuversichtlicher Geduld auf den Zeitpunkt wartete, an dem er sie suchen würde – weil er nicht anders konnte. Wenn andere Männer ihr hingebungsvoll den Hof machten, bemerkte ich oft, wie sich ihr Blick in seine Richtung richtete, und ich glaubte, in ihrem Lächeln ein Bewusstsein von Macht zu lesen. Und so war es auch. Schon bald war er an ihrer Seite. Aber ich bemerkte auch, dass er anfing, erschöpft auszusehen, dass sein Gespräch mit mir ins Stocken geriet. Ich glaube, dass ich zu dieser Zeit so sehr damit beschäftigt war, persönliche Erscheinungen auf persönliche Einflüsse zurückzuführen, dass ich bis zu einem gewissen Grad den praktischen Sinn des Arztes verlor. Meine Augen sollten geöffnet werden. Er schien zu leiden, und sie schien sich ihm gegenüber mehr zu beugen, als sie es jemals gegenüber mir oder irgendjemand anderem an Bord getan hatte. Als Hungerford dies sah, sagte er eines Tages auf seine unverblümte Art zu mir: „Marmion, der alte Ulysses wusste, was er vorhatte, als er sich an den Mast band."

Aber der Alltag auf dem Schiff ging weiter wie zuvor. Glücklicherweise war Mrs. Falchions Heldentum in Aden an die Stelle der Sensation getreten, die den Selbstmord von Boyd Madras begleitete. Diejenigen, die es satt hatten, an beides zu denken, interessierten sich allmählich für die Geschichte des Roten Meeres. An erster Stelle stand dabei der Buchmacher. Als Historiker war der Buchmacher originell. Er wischte unbekümmert alle so verwirrenden Dinge wie Daten beiseite: machte Moses und Mohammed zu Zeitgenossen, bezog sich nebenbei auf die Besuche König Salomos bei Kleopatra und sprach mit trauriger Respektlosigkeit vom Auszug aus Ägypten und der Zerstörung der Pferde und Streitwagen des Pharaos als „dem großen Handicap". Er wollte weder respektlos noch unhistorisch sein. Er wollte lediglich Frau Callendar aufklären, die sagte, er sei sehr originell und in der Geschichte ziemlich klug. Seine wirklich verblüffenden Punkte waren jedoch seine Bemerkungen über die Farben der Berge Ägyptens und die Sonnenuntergangsfarben, die am Roten Meer und am Suezkanal zu sehen sind. Für ihn riefen das Grau, das Rosa und das melancholische Gold nur Visionen eines Rennens in Epsom oder Flemington hervor – im Allgemeinen in Flemington, wo die strahlende australische Sonne auf eine smaragdgrüne

Strecke herabstrahlt, auf ein Dutzend Pferde, die sich auf den Start stürzen, die Farben von den Mänteln und Mützen der Jockeys, die sich im Kampf wie ein Kaleidoskop verändern und seltsame Farbharmonien ergeben. Der Vergleich zwischen den Bergen Ägyptens und einer Pferderennbahn könnte am absurdesten erscheinen, wenn man nicht bedenkt, dass der Buchmacher seine eigenen Maßstäbe hatte und dass er glaubte, dem Land der Fellah ungewöhnliche Ehre zu erweisen. Clovelly sagte klagend, während er seinen Hock and Seltzer trank, dass der Buchmacher ihm stündlich das Leben rettete; und Colonel Ryder gab schließlich zu, dass Kentucky nie etwas Vergleichbares hervorgebracht hatte.

Am Abend bevor wir zum Suezkanal kamen, ging ich mit Miss Treherne und ihrem Vater spazieren. Ich hatte Galt Roscoe im Gespräch mit Frau Falchion gesehen. Plötzlich sah ich, wie er aufstand, um zu gehen. Einen Moment später war ich im Vorbeigehen in ihrer Nähe. Sie sprang auf, packte meinen Arm und zeigte besorgt auf mich. Ich schaute hin und sah, wie Galt Roscoe beim Gehen schwankte.

„Er ist krank – krank", sagte sie.

Ich rannte vorwärts und fing ihn auf, als er fiel. Krank?

Natürlich war er krank. Was für ein Idiot war ich gewesen! Fünf Minuten mit ihm versicherten mir, dass er Fieber hatte. Ich hatte sein hageres Aussehen auf ein Geistesproblem zurückgeführt – und ich würde Professor an einer medizinischen Hochschule werden!

Doch ich weiß jetzt, dass ein unruhiger Geist das Fieber beschleunigt hat.

KAPITEL X

ZWISCHEN TAG UND DUNKELHEIT

Galt Roscoe hatte von Anfang an heftiges Fieber. Es hing schon lange an ihm und war die Folge einer Malariavergiftung. Ich wünschte inständig, wir wären im Mittelmeer und nicht im Roten Meer, wo die Hitze so groß war; aber zum Glück sollten wir bald da sein. An Bord gab es keinen weiteren Krankheitsfall und ich konnte ihm viel Zeit widmen. Es gab zahlreiche Angebote zur Unterstützung in der Krankenpflege, aber ich habe nur diejenigen des Buchmachers gefördert, so seltsam das auch klingen mag; Dennoch war er so sanft und rücksichtsvoll wie eine Frau im Krankenzimmer. Das war am ersten Abend seines Angriffs. Danach hatte ich Gründe, auf seine großzügigen Dienste zu verzichten. In der Nacht, nachdem Roscoe erkrankt war, fuhren wir durch den Kanal, der Suchscheinwerfer der „Fulvia" fegte den Weg vor uns ab und verherrlichte alles, was er berührte. Schlammkähne waren Feenpaläste; Araber fährt wunderschöne Gondeln; die zerlumpten Ägypter an den Ufern wurden malerisch; und das trostlose Land hinter ihnen hatte einen weiten Vorraum voller Pracht. Ich blieb eine halbe Stunde stehen und beobachtete diese Szene, dann ging ich hinunter zu Roscoes Hütte und löste den Buchmacher ab. Der Kranke schlief aufgrund der Wirkung eines Beruhigungsmittels. Kaum war der Buchmacher gegangen, hörte ich einen Schritt hinter mir, drehte mich um und sah Justine Caron schüchtern an der Tür stehen, den Blick auf den Schläfer gerichtet. Sie sprach leise. „Ist er sehr krank?"

Ich antwortete, dass das so sei, aber dass ich in den nächsten Tagen nicht sagen könne, wie gefährlich seine Krankheit sein könnte. Sie ging zu der Koje, in der er lag. Das reflektierte Licht von außen spielte unheimlich auf seinem Gesicht, und strich sanft das Kissen glatt.

„Wenn Sie wollen, werde ich eine Zeitlang Wache halten", sagte sie. „Alle sind an Deck. Madame sagte, sie würde mich ein paar Stunden lang nicht brauchen. Ich werde einen Steward zu Ihnen schicken, wenn er aufwacht; Sie selbst müssen sich ausruhen."

Dass ich Ruhe brauchte, war ganz richtig, denn ich war die ganze Nacht wach gewesen; trotzdem zögerte ich. Sie bemerkte mein Zögern und fügte hinzu:

„Ich kann nicht viel tun, aber ich würde es trotzdem gern tun. Ich kann wenigstens zuschauen." Dann, sehr ernst: „Er hat neben Hector zugeschaut."

Ich ließ sie bei ihm, ihre Finger bewegten den kleinen Eisbeutel um seine Stirn, um das Fieber zu lindern, und ihre Augen musterten ihn geduldig. Ich ging wieder an Deck. Ich traf Miss Treherne und ihren Vater. Sie erkundigten sich beide nach dem kranken Mann, und ich erzählte Belle – denn sie schien sehr interessiert zu sein – von der Natur solcher Malariafieber, den akuten Formen, die sie manchmal annehmen, und der Art der erforderlichen Behandlung. Sie stellte mehrere Fragen und zeigte, dass sie meine Erklärungen gut verstand, und sagte dann nach einem Moment des Schweigens nachdenklich: „Ich glaube, ich mag Männer lieber, wenn sie verantwortungsvolle Arbeit leisten; es ist schwierig, untätig zu sein – und auch wichtig."

Ich sah sehr gut, dass ich mit ihr noch lange gegen die ersten paar Wochen der Affäre auf der „Fulvia" ankämpfen würde.

Clovelly gesellte sich zu uns, und zum ersten Mal – wenn ich nicht so egoistisch gewesen wäre, wie es mir zuvor vorgekommen war – vermutete ich, dass sich sein eher berufliches Interesse an Belle Treherne zu einer sehr persönlichen Sache entwickelt hatte. Und mit diesem Gedanken kam auch die Vorstellung, was für ein mächtiger Antagonist er sein würde. Denn für manche Männer ist es besser, eine Brille zu tragen; und Clovelly hatte eine entzückende, schmeichelnde Zunge. Es war anspielend, widersprüchlich (was Frauen gefällt), respektvoll und doch verspielt, kühn und doch ehrfürchtig. Oft habe ich mich nach Clovellys Zunge gesehnt. Leider lernte ich einige seiner Methoden ohne seine Kunst; und daran werde ich heute gelegentlich erinnert. Ein Mann wie Clovelly ist als Rivale gefährlich, wenn er es nicht ernst meint; Wenn er es ernst meint, wird es für den anderen Mann eine einsame Zeit – es sei denn, das Mädchen ist pervers.

Ich ließ die beiden zusammen und ging auf dem Deck umher, wobei ich versuchte, genau über Roscoes Fall nachzudenken und Clovellys Invasion aus meinem Kopf zu vertreiben. Es gelang mir und ich wurde nur durch die Stimme von Frau Falchion neben mir geweckt.

„Leidet er sehr?" sie murmelte.

Als sie antwortete, fragte sie nervös, wie er aussehe – es war unmöglich, dass sie über das Elend nachdenken sollte, ohne zurückzuschrecken. Ich sagte ihr, dass er bisher nur gerötet und abgemagert sei und dass er ein wenig erschöpft sei. Ein Gedanke schoß ihr ins Gesicht. Sie wollte gerade etwas sagen, hielt aber inne. Nach einem Moment bemerkte sie jedoch ruhig: „Er ist wahrscheinlich im Delirium?"

„Das ist wahrscheinlich", antwortete ich.

Ihr Blick war auf das Suchlicht gerichtet. Der Blick darin war unergründlich. Sie fuhr ruhig fort: „Ich werde ihn besuchen, wenn du es zulässt. Justine wird mit mir gehen."

„Nicht jetzt", antwortete ich. „Er schläft. Morgen, wenn Sie so wollen."

Ich hielt es nicht für nötig, ihr zu sagen, dass Justine in diesem Moment neben ihm zusah. Schweigend gingen wir gemeinsam über das Deck.

„Ich frage mich", sagte sie, „dass Sie Lust haben, mit mir zu gehen. Bitte machen Sie die Angelegenheit nicht zu einer Belastung."

Sie sagte dies nicht mit der Aufforderung zu höflichem Protest meinerseits, sondern eher mit kalter Offenheit – wofür ich sie, wie ich gestehe, immer bewunderte. Ich sagte jetzt: „Frau Falchion, Sie haben vorgeschlagen, was unter den gegebenen Umständen leicht möglich wäre, aber ich gebe offen zu, dass ich Ihre Anwesenheit noch nie als unangenehm empfunden habe; und ich nehme an, das ist ein Kommentar zu meiner Schwäche Nochmals mit absoluter Wahrheit: Ich glaube, ich mag dich derzeit nicht.

„Ja, ich glaube, ich kann das verstehen", sagte sie. „Ich kann verstehen, wie man zum Beispiel einen gerechten und großen Groll verspürt und das Instrument der Bestrafung in der Hand hält und dennoch die Hand zurückhält und schützt, wo man verletzen sollte."

In diesem Moment hatten diese Worte für mich keine besondere Bedeutung, aber irgendwann kamen sie mir mit großer Kraft in den Sinn. Ich glaube tatsächlich, dass sie mehr mit sich selbst als mit mir sprach. Plötzlich drehte sie sich zu mir um.

„Ich frage mich", sagte sie, „ob ich so grausam bin, wie Sie denken – denn ich weiß es tatsächlich nicht. Aber ich habe viele Dinge durchgemacht."

Hier wurden ihre Augen kalt und hart. Die folgenden Worte schienen in keiner Reihenfolge zu stehen. „Aber", sagte sie, „ich werde ihn morgen besuchen ... Gute Nacht." Nach etwa einer Stunde ging ich hinunter zu Galt Roscoes Hütte. Ich zog leise den Vorhang beiseite. Justine Caron hatte mich offensichtlich nicht gehört. Sie saß neben dem kranken Mann, ihre Finger strichen noch immer das Kissen von seinem fiebrigen Gesicht und ihr Blick war auf ihn gerichtet. Ich sprach mit ihr. Sie erhob sich. „Er hat gut geschlafen", sagte sie. Und sie ging zur Tür.

„Miss Caron", sagte ich, „wenn Frau Falchion bereit ist, könnten Sie mir helfen, Herrn Roscoe zu pflegen?"

Ein Licht sprang in ihre Augen. „In der Tat, ja", sagte sie.

„Ich werde mit ihr darüber reden, wenn du es erlaubst?" Sie senkte den Kopf und ihr Blick war voller Dankbarkeit. Nach einer guten Nacht verabschiedeten wir uns.

Ich wusste, dass meinem Patienten nichts Besseres einfallen konnte, als dass Justine Caron ihm bei der Pflege helfen sollte. Das würde ihm viel mehr bringen als Medikamente – die zärtliche Fürsorge einer Frau – als viele Arzneibücher.

Hungerford hatte darauf bestanden, mich um Mitternacht für ein paar Stunden abzulösen. Er sagte, es sei eine gute Vorbereitung, um um drei Uhr morgens auf die Brücke zu gehen. Gegen halb zwei kam er in meine Kabine und weckte mich mit den Worten: „Es geht ihm noch schlimmer – er ist im Delirium; du solltest besser kommen.“

Er war tatsächlich im Delirium. Hungerford legte seine Hand auf meine Schulter. „Marmion“, sagte er, „diese Frau steckt darin. Wie der Teufel ist sie allgegenwärtig. Mr. Roscoes Vergangenheit ist irgendwie mit ihrer vermischt. Ich nehme nicht an, dass Männer im Delirium absolute Geschichte reden, aber dafür gibt es keinen Grund.“ „Ich denke, warum sollten sie es nicht umschreiben? Ich sollte an Ihrer Stelle die Anzahl der Krankenschwestern auf ein Minimum reduzieren.“

Eine entschlossene Wildheit erfasste mich im Moment. Ich sagte zu ihm: „Sie soll ihn pflegen, Hungerford – sie und Justine Caron und ich.“

„Plus Dick Hungerford“, fügte er hinzu. „Ich weiß nicht genau, wie Sie diese Sache angehen wollen, aber Sie haben den Fall in Ihren Händen, und was Sie mir über die Französin erzählt haben, zeigt, dass man ihr vertrauen kann. Aber was mich betrifft, Marmion MD , ich habe die Nase voll von dieser Frau und all ihren Worten und Taten. Ich glaube, dass sie diesem Schiff Unglück gebracht hat und – und ich fange an zu denken, dass du es bist ein verdammt guter Kerl – entschuldigen Sie die Unverschämtheit und – gute Nacht.“

Den Rest der Nacht lauschte ich Galt Roscoes wilden Worten. Er warf sich hin und her und murmelte gebrochen. Für sich genommen und so, wie sie gesprochen wurden, waren seine Worte vielleicht nicht sehr aussagekräftig, aber zusammengefügt, geordnet und interpretiert, auch wenn die Umstände kaum bekannt waren, reichten sie aus, um mir einen Schlüssel zu den Schwierigkeiten zu geben, die später viel verursachen würden Not. Ich arrangiere einige der Sätze hier, um zu zeigen, wie verblüffend die Fantasien – oder Erinnerungen – waren, die ihn quälten.

„Aber ich kam zurück – ich kam zurück – ich sage dir, ich hätte für immer bei ihr bleiben sollen … Schau, wie sie zittert! – Jetzt ist ihr Atem weg – Es gibt keinen Puls – Ihr Herz ist still – Mein Gott, ihr Herz ist still! Nimm es vor den Bug! – Tief! – Sie ist tot – sie ist tot.

Diese Dinge sagte er atemlos immer und immer wieder, dann ruhte er eine Weile und der Ärger begann von neuem. „Ich war es nicht, der es getan hat – nein, ich war es nicht. Sie hat es selbst getan! – Sie hat es tief, tief, tief hineingestürzt! Du hast mich zum Teufel gemacht! kenne dich – doch – Mercy – Mercy – Falchion –"

Ja, es war am besten, dass nur wenige seine Kabine betraten. Die Schwärmereien eines kranken Menschen werden nicht immer als Schwärmereien gewertet, genauso wenig wie die Worte eines gesunden Menschen immer als gesund angesehen werden. Schließlich brachte ich ihn in einen tiefen Schlaf, und zu diesem Zeitpunkt war ich völlig erschöpft. Ich rief meinen eigenen Verwalter an und bat ihn, ein paar Stunden lang aufzupassen, während ich mich ausruhte. Ich warf mich hin und schlief noch eine Stunde tief und fest, da der Verwalter gezögert hatte, mich zu wecken.

Zu diesem Zeitpunkt hatten wir die frischere Luft des Mittelmeers erreicht und das Meer war herrlich glatt. Galt Roscoe schlief noch, obwohl seine Temperatur hoch war.

Meine Besprechung mit Frau Falchion nach dem Frühstück war kurz, aber zufriedenstellend. Ich erzählte ihr offen, dass Roscoe im Delirium gewesen sei, dass er ihren Namen erwähnt habe und dass ich es für das Beste halte, die Zahl der Krankenschwestern und Betreuer zu reduzieren. Ich habe meinen Vorschlag über Justine Caron gemacht. Sie schüttelte ein wenig ungeduldig den Kopf und sagte, Justine hätte es ihr gesagt und sie sei durchaus bereit. Dann fragte ich sie, ob sie nicht auch helfen würde. Sie antwortete sofort, dass sie dies tun wolle. Als ob sie mir verständlich machen wollte, warum sie es tat, fügte sie hinzu: „Wenn ich die wilden Dinge, die er sagt, nicht hören würde, würde es jemand anderes tun; und der Unterschied besteht darin, dass ich sie verstehe und jemand anderes sie mit dem interpretieren würde." Genie des Autors eines Märchenbuchs.

Und so kam es, dass Mrs. Falchion viele Stunden am Tag neben Galt Roscoes Krankenlager saß, seine Lippen befeuchtete, seine Stirn kühlte und ihm seine Medizin gab. Nach dem ersten Tag, als sie, wie ich dachte, zwischen einer angeborenen Abscheu vor dem Elend und ihrer Weiblichkeit und Menschlichkeit schwankte – was für mich in diesen Tagen eher eine Realität war –, wurde sie bei jeder Wendung der Krankheit wachsam und still besorgt. Was mich am meisten beeindruckte, war, dass sie sich offenbar mehr für die Krankheit als für den Mann selbst interessierte und mehr in sie vertieft war.

Und doch verwirrte sie mich selbst, als ich zu diesem Schluss gekommen war.

Während des größten Teils seines Deliriums blieb sie fast teilnahmslos, als hätte sie sich selbst beigebracht, ruhig und nervenstark zu sein; Aber eines Nachmittags tat sie etwas, das für einen Moment alle meine Meinungen über sie durcheinander brachte. Als er sie mit starren, bewusstlosen Augen direkt ansah, erhob er sich halb in seinem Bett und sagte mit leiser, bitterer Stimme: „Ich hasse dich. Ich habe dich einst geliebt – aber jetzt hasse ich dich!" Dann lachte er verächtlich und ließ sich auf das Kissen zurückfallen. Sie hatte sehr ruhig gesessen und nachgedacht. Seine Aktion war unerwartet gewesen und hatte ein Schweigen ausgelöst. Sie stand schnell auf, atmete scharf ein und drückte ihre Hand gegen ihre Seite, als ob ein plötzlicher Schmerz sie erfasst hätte. Im nächsten Moment war sie jedoch wieder gefasst und erklärte, sie sei im Halbschlaf gewesen und er habe sie erschreckt. Aber ich hatte sie unter scheinbar schwierigeren Bedingungen gesehen, und sie hatte keine solche Nervosität gezeigt.

Die Passagiere redeten natürlich. Viele „wahre Geschichten" über Frau Falchions Hingabe an den kranken Mann waren im Ausland; aber es muss jedoch gesagt werden, dass sie alle in romantischer Hinsicht vertrauenswürdig waren. Selbst in den Augen von Miss Treherne und insbesondere in den Augen ihres Vaters war sie seit der Sache mit den Tanks zu einem seltenen Produkt geworden. Justine Caron wurde von den Neugierigen heimlich belagert, aber sie gingen leer aus; Denn obwohl Justine sehr einfach und zielstrebig war, war sie dennoch zu sehr besorgt, als dass sowohl Galt Roscoe als auch Mrs. Falchion den Fragenden auch nur den geringsten Hinweis geben könnten. Sie wusste tatsächlich selbst wenig, was auch immer sie vermutet haben mochte. Was Hungerford betrifft, er war dumm. Er weigerte sich, die Angelegenheit zu prüfen. Aber er behauptete ein- oder zweimal rundheraus, ohne erkennbare Relevanz, dass eine Frau wie eine sich wiederholende Dezimalzahl sei – man könne ihr folgen, aber man könne sie nie erreichen. Normalerweise fügte er hinzu: „Minus eins, Marmion", womit er das Mädchen ausschließen wollte, das ihn allen anderen vorzog . Als ich vorschlug, dass Miss Treherne ebenfalls ausgenommen werden könnte, sagte er mit einer zum Wahnsinn stehenden Andeutung: „Sie lässt sich von Mrs. Falchion täuschen, nicht wahr? Und sie ist sich nicht ganz sicher, ob die Position eines Medizinprofessors großartig ist." zu dem eines Autors."

Obwohl ich in diesen Momenten versuchte, ihn anzulächeln, hasste ich ihn ein wenig. Ich versuchte mich an ihm zu rächen, indem ich ihm sagte, er solle sich eine Zigarre gönnen, nachdem er zuvor die Schachtel mit den Mexikaner neben sich gestellt hatte. Er lehnte sie ausnahmslos ab und sagte, er würde einen der anderen Tees aus der Teedose nehmen – meinen allerbesten, der der Trockenheit halber im Tee aufbewahrt wurde. Wenn ich den Vorgang rückgängig machte, machte er seine Aktion rückgängig. Sein Instinkt in Bezug auf Zigarren war übernatürlich, und ich glaube fast, dass er – wie die Katze des Schwarzen Zwergs – die Begabung hatte, Charaktere zu lesen und Ereignisse zu interpretieren – eine unheimliche Wahrsagungskraft.

Als wir Valletta erreichten, wusste ich, dass Roscoe gesund werden würde; aber er erkannte keinen von uns, bis wir in Gibraltar ankamen. Justine Caron und ich hatten neben ihm zugesehen. Als beim Einlaufen in den Hafen die

Glocken läuteten, um „langsamer zu werden", öffnete er die Augen mit einem Blick der Vernunft und des Bewusstseins. Er sah mich an, dann Justine.

"Ich bin krank gewesen?" er sagte.

Justines Augen war nicht ganz zu trauen. Sie wandte den Kopf ab.

„Ja, du warst sehr krank", antwortete ich, „aber es geht dir besser."

Er lächelte schwach und fügte hinzu: „Zumindest bin ich dankbar, dass ich nicht auf See gestorben bin." Dann schloss er die Augen. Nach einem Moment öffnete er sie und sagte, indem er Justine ansah: „Du hast mir geholfen, mich zu stillen, nicht wahr?" Seine abgenutzten Finger bewegten sich über die Tagesdecke auf sie zu.

„Ich könnte so wenig tun", murmelte sie.

„Sie haben Ihre Schulden mir gegenüber mehr als beglichen", antwortete er sanft. „Denn ich lebe, wissen Sie, und der arme Hector ist gestorben."

Sie schüttelte ernst den Kopf und erwiderte: „Ach nein, ich kann die Schulden, die ich dir und Gott schulde – jetzt nie zurückzahlen." Er hat das nicht verstanden, ich weiß. Hab ich doch. „Du darfst nicht mehr reden", sagte ich zu ihm.

Aber Justine mischte sich ein. „Man muss ihm sagen, dass die Krankenschwester, die am meisten für ihn getan hat, Frau Falchion ist." Seine Brauen zogen sich zusammen, als ob er versuchte, sich an etwas zu erinnern. Er bewegte müde den Kopf.

„Ja, ich glaube, ich erinnere mich", sagte er, „dass sie bei mir war, aber nichts deutliches – nichts deutliches. Sie ist sehr nett."

Justine murmelte hier: „Soll ich es ihr sagen?"

Ich wollte gerade nein sagen; aber Roscoe nickte und sagte leise: „Ja, ja."

Dann erhob ich keine Einwände, sondern drängte darauf, dass das Treffen nur für einen Moment stattfinden sollte. Ich beschloss, sie nicht einmal für diesen Moment allein zu lassen. Ich wusste nicht, welche Dinge im Zusammenhang mit ihrer Vergangenheit – was auch immer es war – zur Sprache kommen würden, und ich wusste, dass völlige Freiheit von Aufregung notwendig war. Ich hätte mir diesbezüglich vielleicht jede Sorge ersparen können. Als sie kam, war sie vollkommen gefasst und ähnelte mehr dem Aussehen, als ich sie zum ersten Mal kannte, obwohl ich zugeben muss, dass ich ihr Gesicht eher für Emotionen empfand als in der Vergangenheit.

Es erscheint seltsam, die Zeit vor ein paar Wochen als Vergangenheit zu bezeichnen; aber es war so viel passiert, dass die Tage leicht zu Monaten und die Wochen zu Jahren hätten werden können.

Sie setzte sich neben ihn und streckte ihre Hand aus. Und während sie das tat, dachte ich an Boyd Madras und an die lange letzte Nacht seines Lebens und an ihre Weigerung, ihm auch nur ein einziges tröstendes Wort zu sagen oder seine Hand in Vergebung und Freundschaft zu berühren. Und war dieser Mann so viel besser als Boyd Madras? Seine wilden Worte im Delirium bedeuteten vielleicht nichts, aber wenn sie etwas bedeuteten, und das wusste sie, war sie immer noch eine herzlose, unnatürliche Frau, wie ich sie einmal genannt hatte.

Roscoe nahm ihre Hand und hielt sie kurz fest. „Dr. Marmion sagt, dass Sie mir geholfen haben, meine Krankheit zu überstehen", flüsterte er. „Ich bin sehr dankbar."

Ich dachte, sie antwortete mit der geringsten Zurückhaltung in ihrer Stimme. „Man konnte einen alten Bekannten nicht sterben lassen, ohne sich um seine Rettung zu bemühen."

In diesem Augenblick wurde ich verächtlich und sehnte mich danach, ihm von ihrem Mann zu erzählen. Aber dann war ein Ehemann kein Bekannter. Ich wagte es stattdessen: „Es tut mir leid, aber ich muss alle Gespräche vorerst abbrechen. Wenn es ihm etwas besser geht, werden ihm Ihre hellsten Gerüchte zugute kommen, Frau Falchion."

Sie erhob sich lächelnd, aber sie ergriff nicht noch einmal seine Hand, obwohl ich dachte, er hätte eine entsprechende Bewegung gemacht. Aber sie blickte einen Moment lang fest auf ihn herab. Unter ihrem Blick errötete sein Gesicht, und seine Augen wurden heiß vor Licht; dann fielen sie zu Boden und die Augenlider schlossen sich um sie. Daraufhin sagte sie mit einer unverständlichen Leichtigkeit: „Gute Nacht. Ich werde jetzt zum Abschied von Gibraltar die Musik von ‚La Grande Duchesse' spielen. Heute Abend gibt es ein Konzert."

Und sie war weg.

Als er La Grande Duchesse erwähnte, seufzte er und wandte den Kopf von ihr ab. Was das alles zu bedeuten hatte, wusste ich nicht, und sie hatte mich ebenso sehr geärgert wie verwirrt; Ihre Stimmungen waren wie die Farben des Chamäleons. Er lag lange still da, dann drehte er sich zu mir um und sagte: „Erinnerst du dich an die Geschichte in der Bibel über David und den Brunnen von Bethlehem?" Ich musste meine Unwissenheit eingestehen.

„Ich glaube, ich kann mich daran erinnern", fuhr er fort. Und obwohl ich ihn ermahnte, sich nicht zu überfordern, sprach er langsam so:

„Und David war in einer Festung, und die Garnison der Philister war damals in Bethlehem.

„Und David hatte große Sehnsucht und sprach: Oh, gib mir doch zu trinken von
dem Wasser aus dem Brunnen von Bethlehem, der am Tor ist!

> „Und die drei durchbrachen das Heer der Philister und schöpften Wasser aus dem Brunnen von Bethlehem, der am Tor war, und nahmen es und brachten es zu David; doch er wollte nicht davon trinken, sondern goss es dem Herrn aus
>
> .
>
> „Und er sagte: Mein Gott verbiete mir, dass ich das tue. Ist das nicht das Blut der Männer, die in Lebensgefahr gingen? Deshalb wollte er es nicht trinken.“

Er hielt einen Moment inne und fügte dann hinzu: „Man kauft die Vergangenheit immer zu einem enormen Preis zurück. Auferstehungen geben nur Geister.“

„Aber du musst jetzt schlafen“, drängte ich. Und weil ich nicht wusste, was passender wäre, fügte ich hinzu: „Schlaf, und

„‚Lass die tote Vergangenheit ihre Toten begraben.‘“

„Ja, ich werde schlafen“, antwortete er.